Max Kalbeck, William Shakespeare, Giuseppe Verdi, Arrigo Boito

Falstaff : lyrische Komödie in drei Akten

Max Kalbeck, William Shakespeare, Giuseppe Verdi, Arrigo Boito

Falstaff : lyrische Komödie in drei Akten

ISBN/EAN: 9783744653886

Hergestellt in Europa, USA, Kanada, Australien, Japan

Cover: Foto ©Andreas Hilbeck / pixelio.de

Weitere Bücher finden Sie auf **www.hansebooks.com**

Arrigo Boito

Alstaff

Lyrische Komödie in 3 Akten
Musik von
Giuseppe Verdi

Ausgabe Ricordi

FALSTAFF

LYRISCHE KOMÖDIE IN DREI AKTE

VON

Arrigo Boito.

DEUTSCH VON MAX KALBECK.

MUSIK VON

Giuseppe Verdi.

G. RICORDI & C.

MAILAND - ROM - NEAPEL - PALERMO - PARIS - LONDON
LEIPZIG - BUENOS-AIRES - NEW-YORK

G. RICORDI & C., Musikverleger in Mailand haben das ausschliessliche Eigenthumsrecht, den Druck und Verlag dieses Werkes laut Gesetz für Wahrung der Autorenrechte erworben und warnen jeden Verleger, Buchhändler, oder Wiederverkäufer vor dem Nachdrucke dieses Werkes, weder im Ganzen noch im Auszuge oder ais Beschreibung, u. s. w. sowie auch vor dem Verkaufe von nachgemachten Ausgaben, sich jedwede gerichtliche Belangung zum Schutze ihres Eigenthums vorbehaltend.

ERSTER ACT.

I.

Das Innere des Gasthauses zum "Hosenbande."

Ein Tisch, ein grosser Sessel, eine Bank. Auf dem Tische die Ueberreste eines Mittagessens, mehrere Flaschen und ein Glas. Dintenfass, Federn, Schreibpapier, ein angezündetes Licht. Ein Besen, an die Wand gelehnt. Ausgang im Hintergrund. Thür zur Linken.

Falstaff, D.r Cajus, Bardolph, Pistol,
im Hintergrunde der Gastwirth.

FALSTAFF *ist damit beschäftigt, das Wachs zweier Briefe an der Flamme der Kerze zu erwärmen; dann siegelt er die Briefe mit einem Ringe, bläst das Licht aus und streckt sich bequem auf dem Sessel aus um zu trinken.*

CAJUS (tritt drohend von links ein und schreit)
   Falstaff!
FALST. (ruft, ohne auf das Geschrei zu achten, den Wirth, der näher kommt)
   Hollah!
CAJUS (stärker) John Falstaff!
BARD. (zum Doctor)
   He, nun was giebt's denn?
CAJUS (immer schreiend und auf Falstaff losgehend, der sich nicht um ihn kümmert)
           Ihr
   Zerbläut mir meine Leute!
FALST. (zum Wirth, der dann dienstfertig hinausgeht)
   Na, Gastwirth, geh und hole
   Mir noch so eine Flasche!
CAJUS (wie oben) Und meine Stute reitet
   Ihr elend und zu Schanden,
   Thut meinem Haus Gewalt an!

FALST.	Doch schont' ich Eure Köchin!
CAJUS	Zu gütig! Die verhutzelte Alte!
	Ich muss Euch sagen:
	Und wäret zwanzig Mal Ihr
	John Falstaff und ein Ritter,
	Ihr solltet doch mir Rede stehn!
FALST. (phlegmatisch)	Da habt Ihr Red' und Antwort:
	Was Ihr gesagt, das that ich.
CAJUS	Nun? Und?
FALST.	Ich that's mit Fleisse.
CAJUS (schreiend)	So ruf' ich an den Rath
	Des Königs.
FALST.	Prosit die Mahlzeit!
	Macht Euch nicht selbst zum Affen!
	Das ist der Rath John Falstaffs.
CAJUS	Noch etwas andres.
FALST.	Zum Teufel!
CAJUS	Du Bardolph!
BARD.	Theurer Doctor!
CAJUS (immer in drohendem Tone)	Wir tranken gestern Abend.
BARD.	Heut bin dafür ich elend
	Und krank. (lässt sich von D.r Cajus den Puls fühlen)
	Du kommst als Arzt
	Mir deshalb wie gerufen.
	's wird mir den Darm zerreissen!
	Die Pest den Wirthen allen,
	Die ihren Wein verkalken!
	(Den Zeigefinger auf seine eigene dicke, rothe Nase legend)
	Siehst Du das Meteor da?
CAJUS	Ich seh's.
BARD.	So feurig geht es
	Zur Nacht stets auf und unter.
CAJUS (wüthend)	Zum Henker Deine Nase!
	Du machtest mich betrunken, (auf Pistol zeigend)
	Mit dem da! Ja, Ihr Beiden!
	Dann, als ich ganz von Sinnen,
	Leertet Ihr meine Taschen!
BARD. (mit Würde)	Nicht ich.
CAJUS	Wer denn?
FALST. (rufend)	Pistol!

PIST. *(kommt näher)*
   Gebieter!
FALST. *(immer phlegmatisch auf dem Sessel)*
     Hast dem Herren
    Du ausgeleert die Taschen?
CAJUS *(auf Pistol eindringend)*
     Er war's gewiss. Da seht nur,
    Wie er sich schon zurechtrückt
    Die dreiste Lügenschnauze! *(er kehrt die Tasche seines Rockes um)*
    Zwei Thaler waren drin
    Aus König Eduards Zeiten,
    Sechs Schilling auch von Silber,
    Nichts ist davon vorhanden.
PIST. *(zu Falstaff, majestätisch den Besen schwingend)*
     O Herr, ich fordr' ihn aus
    Auf diese Waffe hier
    Von Holze! *(zum Doctor mit Nachdruck)*
    Das sind Lügen!
CAJUS   Du Bauer, sprichst mit einem Edeln!
PIST.   Esel!
CAJUS   Nein, edel!
PIST.   Esel!
CAJUS   Tropf!
PIST.   Narr!
CAJUS   Du Krautstrunk
PIST.   Kobold!
CAIUS   Du missgeschaff'ner Hexensohn!
PIST.   Wer?
CAJUS   Du.
PIST.   Mich meinst Du?
CAJUS   Ja.
PIST. *(sich auf den Doctor stürzend)*
   Na warte!
FALST.   Halt, Pistol! *(auf einen Wink Falstaffs hält sich Pistol zurück)*
   Geh' mir nicht etwa los! *(ruft Bardolph, der herzukommt)*
   He, Bardolph! Wer entleerte
   Die Taschen dieses Herrn?
CAJUS *(schnell)* Wohl alle beide.
BARD. *(ruhig auf Dr Cajus zeigend)* Er betrank sich,
   Und von dem Trinken schwanden
   Ihm seine Sinne; deshalb
   Bringt er ein Märchen vor,
   Wie es ihm träumte, als er
   Berauscht dort unterm Tisch lag

FALST. (zu D.ʳ Cajus)
Hört Ihr? Wenn Ihr zu schätzen wisst,
Was wahr, seid Ihr geborgen!
Die Facta sind bestritten,
Drum geht in Frieden.

CAJUS   Höret:
Niemals will ich in Zukunft
Hinwieder mich berauschen
Als unter guten Leuten,
Die ehrbar sind und nüchtern.   (er geht zur Thüre links hinaus)

BARD. *und* PIST. (die den Doctor mit possenhafter Höflichkeit begleiten, psalmodirend)
AMEN.

FALST. Lasst Euern Freudenpsalm,
Verspart ihn auf was Bess' res.
Darin besteht die wahre Kunst:
Gehörig stehlen und mit Anstand.
Armsel'ge Dilettanten!

(er prüft die Rechnung, die der Wirth zusammen mit der neuen Flasche gebracht hat)

6 *Hühner sind 6 Schilling,*
Und 30 Krüge Xeres
1 Pfund, dann 3 Kapaunen...

(er wirft Bardolph die Börse zu und liest bedächtig weiter)

Such' hier in meiner Börse!...
Fasanen, Eine Semmel...

BARD. (nimmt ein paar Münzen aus der Börse und zählt sie auf den Tisch)
Ein *Schilling,* noch ein *Schilling,*
Ein *Penny.*

FALST.   Suche!
BARD.   Das
Ist Alles.

FALST.   Suche!
BARD.   Halt, hier
Ist noch ein Hosenknopf!   (wirft die leere Börse auf den Tisch)

FALST. (steht auf) Mensch, Du bist mein Verderben!
Denn jede Woche kostest Du
Mich zehn Guineen, Du Saufbold!

Freilich, gehen wir des Abends
Von Taverne zu Taverne,
Leuchtet immer Deine Nase
Mir als sichere Laterne.

	Also wandeln dreissig Iahre
	Schon wir bei Laternenscheine,
	Aber was an Öl ich spare,
	Das geht auf in Weine.
	Theuer bist Du! *(zu Pistol)*
	Und Du gleichfalls! *(zum Wirth)*
	Na, Wirth, noch eine Flasche! *(vorwurfsvoll zu Bardolph und Pistol)*
	Mich zehren auf die Sorgen.
	Wenn Falstaff mager würde,
	Was wär' er dann, wer wollt' ihn lieben?
	Mit Stolz drum trag' ich diese Bürde,
	Hier steht mein Name angeschrieben.
Pist.	Falstaff der Dicke!
Bard.	Sir John der Grosse!
Falst.	*(klopft und betrachtet seinen Bauch)*
	Ich muss mein Anseh'n noch
	Vergrössern! *(trinkt)*
	Ja, wir müssen
	Auf neue Künste denken!
Bard. *und* Pist.	So denken wir! *(Alle stehen in einer Gruppe zusammen)*
Falst.	Kennt Ihr nicht Einen hier
	Im Städtchen namens Ford?
Bard.	Ja.
Pist.	Ja.
Falst.	Er gilt für einen reichen Bürger.
Pist.	Was reich! Er ist ein Krösus.
Bard.	Ein Lord.
Falst.	Er hat ein Weibchen.
Pist.	Sie führt die Kasse.
Falst.	Du Täubchen!
	Du Herz! Du Sternenauge!
	Du Schwanenbusen! Du Mündchen,
	Du Blümlein, welches lächelt!...
	Sie heisst Alice. Denkt:
	Einmal geh' ich vorbei,
	Sie sieht mich. Auf der Stelle
	Lacht sie. In Flammen lodert
	Von Stund' an dies mein Herz.
	Ein Brennglas, warf ihr Auge
	Versengende Strahlen auf mich. *(Sich spreizend)*
	Mein Wuchs gefiel ihr,
	Die schöne Breite, das Prachtgestell,
	Die stolze Haltung, männlich, edel.

                Ihr Auge sprach, wenn ich nur halb
                Auf Blicke mich verstehe,
                Ganz deutlich, hell und klar:
                Mein Liebster heisst John Falstaff.
BARD.   Punktum.
FALST.   Noch Eine weiss ich dann..
BARD.   Noch Eine!
PIST.   Noch Eine!
FALST.   Sie nennt sich Margarete.
PIST.   O süsse Meg!
FALST.   Und sie auch
                Schenkt meinem Wunsch Erhörung;
                Und sie auch führt den Schlüssel
                Zur Kasse. Diese beiden
                Bedeuten das Golconda
                In meinen gold'nen Träumen.
                Gebt Acht: zwei Schätze sind es,
                Ich aber will Euch zeigen,
                Wie man sie brandschatzt. Ihr
                Sollt hier die Briefe bestellen...
                      (er giebt Bardolph einen der beiden auf dem Tische liegenden Briefe)
                Den überbringst Du Meg,
                Die Tugend sei erprobt!   (Bardolph nimmt den Brief)
                Schon glänzt vom Feuereifer
                Die Nase Dir. Und du giebst
                        (zu Pistol, dem er den anderen Brief gieb
                Den anderen Alice!
PIST. (mit Würde ablehnend)
                Ha, trag' ich keinen Degen,
                Nicht will ich Euer Kuppler sein!
                Ha, niemals!
FALST. (geringschätzig und mit Ruhe)
                      Du Bramarbas!
BARD. (tritt hervor und wirft den Brief auf den Tisch)
                Sir John, in dieser Sache
                Euch förderlich zu dienen,
                Verbietet...
FALST. (unterbricht ihn)   Was?
BARD.   Die Ehre.
FALST. (der den hinten eintretenden Pagen Robin erblickt)
                He, Page!   (dann gleich zu den Andern)
                Hängt Euch wo anders auf,
                Bleibt mir vom Hals!   (zu dem Pagen)
                      Die Briefe

Da, nimm sie... für zwei Damen...
Beförd're beide! Lauf,
Geh, hurtig, geh, geh, geh! (Robin ab mit den Briefen)
Die Ehre! Gauner! Ihr wollt (empört zu Bardolph and Pistol)
Die Ehre blank erhalten...
Kloaken Ihr der Schande!
Während wir selber, wir,
Sie rein nicht wahren können.
Ich selbst, ja... hört Ihr? hört Ihr?...
Muss mich zuweilen hüten,
Dass ich sie nicht verletze,
Ja, manchmal muss ich ihr
Wohl auch ein Schnippchen schlagen,
Zu List und Täuschung muss
Ich meine Zuflucht nehmen,
Mich drehen und laviren...
Und Ihr gemeinen Schlucker
Mit Euern Lumpereien,
Gewöhnt an's Katzenbuckeln,
Ihr unterstehet Euch
Und redet hier von Ehre?!
Ja Ihr zu mir! Ihr Schufte,
Ihr Narren!...
   Was ist Ehre?
Vermag sie was zu leisten?
Nichts. Kann die Ehre wohl
Ein Bein Euch wiedergeben?
O nein. Den Fuss dann? Nein.
Die Zehe? Nein. Den Nagel?...
Die Ehre ist kein Wundarzt.
Was ist sie? Nur ein Wort.
Was steckt denn in dem Worte?
Ein Hauch nur, der versäuselt.
Ha, feine Rechnung! Die Ehre...
Kann sie ein Todter fühlen?
Nein. Fühlt sie, wer lebendig?
Auch das nicht. Wer sie sein nennt,
Dem wird sie bald genommen.
Ja, Hass und Neid, Verleumdung,
Die bringen sie zu Falle.
Ich mag sie also nicht,
Nein, keine Ehre, nein!...

Doch wieder nun zu Euch,
Was zögr' ich länger, Euch
Mit Schande fortzujagen?!

(er ergreift den Besen und verfolgt Bardolph und Pistol, die, hin und her laufend, den Schlägen ausweichen und sich hinter dem Tische verschanzen)

He, hollah! Munter, munter!
He, hollah! Auf die Beine!
Nur munter! An den Galgen,
Gesindel! Fort mit Euch,
Ihr Diebe, Räuber, fort!

(Bardolph entflieht durch die Thür links, Pistol durch den Ausgang im Hintergrunde, nachdem sie einige Schläge mit dem Besen erwischt haben. Falstaff ihnen nach).

II.

Garten.

Links Ford's Haus. Baumgruppen inmitten der Scene.

Alice, Ännchen, Meg, M.rs Quickly; dann Ford, Fenton, D.r Cajus, Bardolph, Pistol.

(MEG *mit* M.rs QUICKLY *von rechts. Sie gehen auf das Haus Ford's zu und treffen vor der Thür mit* ALICE *und Ännchen zusammen, die im Begriff sind auszugehen*).

MEG (grüssend) Alice!
ALICE (grüssend) Meg!
MEG   Und Ännchen!
ALICE (zu Meg) Wir hatten vor Dich zu
      Besuchen, liebe Meg.   (zu M.rs Quickly)
      Grüss Gott, Gevatt'rin!
QUICK.   Mach'
      Euch froh der Himmel! Ei, (Ännchen auf die Wange klopfend)
      Das Rosenknöspchen!
ALICE (zu Meg) Das trifft sich prächtig! 's ist
      Was Sonderbares mir
      Geschehen.
MEG   Und auch mir.
QUICK. (die mit Ännchen geplaudert, kommt neugierig näher)
      Wie denn?
ÄNN. (näherd kommend) Was giebt es?
ALICE (zu Meg) Fang' Du zuerst an!
MEG   Du
      Sollst sprechen!
ÄNN.   Ach, erzählt doch!
QUICK. So redet, redet!

ALICE (zu Allen ringsum)	Doch Ihr haltet reinen Mund!	
MEG	Versteht sich.	
QUICK.	Ja, versteht sich.	
ALICE	Also. Wär' ich gesonnen, Mein Seelenheil dem Teufel Gleich zu verkaufen, nun So könnt' ich mich erheben Zur Edeldam'!	
MEG	Auch ich.	
ALICE	Ach, Thorheit!	
MEG (sucht nach einem Briefe in der Tasche)	Wozu noch reden lang? Damit vergeuden wir Das Licht des Tages. Einen Brief hab' ich hier.	(zieht den Brief hervor)
ALICE (sucht in der Tasche)	Ich gleichfalls.	
ANN. *und* QUICK.	O!!	
ALICE (giebt Meg ihren Brief)	Lies nur!	
MEG (giebt Alice ihren Brief)	Lies nur!	(den Brief Alicens lesend)
	Götter – *Alice! Liebe biet' ich...* Was ist das, soll das heissen? Bis auf den Namen sind's Die gleichen Worte.	
ALICE (mit den Augen in dem Briefe, den sie in der Hand hält)	*Göttliche Meg!... Liebe biet' ich...*	
MEG (in ihrem eigenen Blatte die Lectüre Alicens fortsetzend)	*Und Liebe fordr' ich...*	
ALICE	Hier *Meg* und dort *Alice*.	
MEG	Eins wie das Andre.	(wie oben)
	Erlass Das Weit're mir, nur sei Mir...	
ALICE (wie oben)	*Gnädig...* Gab ich Anlass Dazu?	

MEG	Seltsamer Fall!
	So muss ich sagen!
QUICK.	Betrachten wir den Fall!

(Alle in einer Gruppe über don Briefen, sie vergleichend und neugierig betrachtend)

MEG	Dieselben Zeilen.
ALICE	Und
	Dieselbe Dinte.
QUICK.	Auch
	Die Handschrift....
ANN.	Und das Siegel!

ALICE *und* MEG (zusammen lesend, jede ihren eigenen Brief)

Die lustige Gevatt'rin,
Der lustige Gevatter
Das gäb' ein lustig Pärchen.

ALICE	Ei.
ANN.	Er, sie, Du.
QUICK.	Ein Paar
	Zu Drei'n!
ALICE	*Ein lustig Pärchen,*

Ein flotter Liebeshandel! (Alle mit der Nase über den Briefen)
Die schönste Dame mit mir,
Dem allerstattlichsten Herrn! (mit Übertreibung)
Dein holdes Angesicht
Wird strahlen über mir
Gleich einem Sterne, der
Herabblickt auf das Erdrund...

ALLE (lachen)	Ha, ha, ha, ha, ha, ha!
ALICE	*Gieb Antwort Deinem Diener,*
	Dem edlen Herrn John Falstaff.
QUICK.	O Scheusal!
MEG	Scheusal!
ANN.	Scheusal!
ALICE	Man muss ihn foppen!
ANN.	Ihn überlisten!
ALICE	Muss ihn
	Zum Narren machen!
ANN.	Ah,
	Das giebt zu schwatzen!
QUICK.	Giebt
	Zu denken!
MEG	Und zu lachen!

ALICE
(sich bald an die Eine, bald an die Andre wendend)
Der Schlauch aller Schläuche!
Das Weinfass, die Tonne!
Bescheint wohl die Sonne
Noch schnödere Bäuche?
Seht doch den bogenbrlichen
Kurzbeinigen Köter!
Er spielt den Gefährlichen,
Den Schocksch werenöther!
Die Haare, die grauen
Am Glatzkopf verklagen ihn,
Es macht sein Betragen ihn
Unmöglich bei Frauen.
Er hat die Gelegenheit
Nicht richtig erkannt;
So gross die Verwegenheit,
So klein der Verstand!

MEG
(zu Alice)
Dass Einer sich anmasst
Dergleichen zu wagen!
Hat unser Betragen
Was Uebles veranlasst?...
Nicht sind wir geduldige,
Sanftmüthige Lämmer,
Bestraft sei der Schuldige,
Der lüsterne Schlemmer!
Wir wollen ihn prellen,
Und nimmer vergisst er es
Nie sah ich was Tristeres
Als diesen Gesellen:
So polternd und ungestüm,
So wenig galant!
Wer warf dieses Ungethüm
An unseren Strand?

ÄNNCHEN
(zu Alice)
... wohl so frei sein
... Wort mit zu sprechen?
..nn, foppt man den Frechen,
... ich dabei sein!
... wie ein Schäferlein,
...ertraut er uns gerne
... mmt ein Leuchtkäferlein
... är eine Laterne.
...tigen Lügen
...ar bald wird bezwungen er!
...in Schort, ein gelungener,
...l mein Vergnügen!
... muss man predigen
...Dem höllischen Brand,
... seiner entledigen
...Mit fertiger Hand!

QUICKLY
(voll Uebermuth, bald zu Ännchen, bald zu Meg)
Noch zweifl'ich mit Bangen,
Ob Alles gelinge;
Es fehlt an der Schlinge
Das Unthier zu fangen.
Vermeint Ihr mit seidenen,
Manierlichen Maschen,
Ihr Allzubescheidenen!
Den Wanst zu erhaschen?
Wo habt Ihr die Taue
Zum Knebeln und Bändigen?
Ihr wenig Verständigen,
Ihr schiesst ja in's Blaue!
Bedenkt doch: der Dicke ist
Zwar nicht sehr gewandt,
Jedoch keine Mücke ist
Solch ein Elephant!

M.r Ford, D.r Cajus, Fenton, Bardolph und Pistol kommen von r... rauen nach links hinauszugehen. Ford in der Mitte, Pistol zu seiner Rechte, Bardolph zur Linken; Fenton und D.r Cajus hinter ihm. Alle in einer Gru... d eindringlich hineinredend. Von Zeit zu Zeit erscheint eine und die an... der Frauen zwischen den Bäumen im Hintergrund, ohne von den Männern...

CAJUS
(zu Ford)
Dieser Schurke, der vermessen
Sich von je mit Lastern brüstete,
Der so weit sich jüngst vergessen,
Dass er mir mein Haus verwüstete!
Ihm die Freundschaft will ich kündigen,
Will den Schöpfer meiner Plagen
Bei des Königs Hof verklagen,
Und nicht länger soll er sündigen!
(auf Bardolph und Pistol deutend)
Dort die beiden Zechkumpane
Mit dem Schelmenangesicht
Dienten unter seiner Fahne,
Trauen möcht' ich ihnen nicht!

BARDOLPH
(zu Ford)
Falstaff, lasst mich's wiederholen -
Mir beteug' es der Allmächtige! -
Planet gegen Euch verstohlen
Alles Böse, Niederträchtige.
Nimmermehr bin ich der Vorige,
Habe nichts mit ihm zu schaffen,
Denn ich lieb' als Mann der Waffen
Ueber Alles das Honorige.
Mister Ford, o lasst Euch warnen,
Hört was meine Treue spricht:
Er will Euch mit List umgarnen,
's ist ein schlauer Bösewicht!

PISTOL
Brumm... mmen mich
Wie s... hwärmen,
Das Go... on mich
M... es Lärmon;
Gant v... htige
Hi... usch' ich,
Und d... ühge
Stets... tausch' ich.
Einzeln... den,
D... richt,
Doch w... reden,
L... Vorsicht.
Sir John Falstaffs Lustbegierde,
Wilde, tolle, überschwängliche,
Hat für Euer Haupt 'ne Zierde
Ausgesucht, 'ne sehr verfängliche.
Soht in mir nicht mehr den niederen
Helfershelfer und Gefährten,
Sondern einen frommen Biederen,
Zu der Tugend Neubekehrten!
Fürder leb' ich der Betrachtung
Auf mein Seelenheil erpicht,
Mister Ford, gebt Achtung, Achtung,
Denn man führt Euch hinters Licht!

FENTON
(zu Ford)
Gegen den Euch Ungelegenen
Will ich führen Eure Sache.
Sagt ein Wort nur, und ich mache
Mich heran an den Verwogenen!
Hat es doch so viel Verlockendes,
Dieses Stückfass anzubohren,
Und ich fühle schon rumoren
All mein Blut, mein lange stockendes!
Schläge giebt's im Augenblicke,
Hiebe regnet's hagoldicht,
Wenn ich ihn zum Teufel schicke,
Thu' ich nichts als meine Pflicht.

FORD	(zu Pistol)	So sprich denn!
PIST.	(zu Ford)	Mit zwei Worten:

Der dicke Ritter dorten
Sucht eine Zufluchtsstätte,
Will Euern Wohlstand mindern,
Euch Weib und Kasse plündern,
Kurz... ruh'n in Eurem Bette.

CAJUS		Dass dich doch!
FORD		Ha, mein Haus!
BARD.	(zu Ford)	Ein Briefchen, lasst Euch sagen...
PIST.	(unterbricht ihn)	

Sollt' Eurer Frau ich tragen.
Ich schlug es aus.

BARD.	Ich schlug es aus.
PIST.	Drum gebt mir Acht!
BARD.	Drum gebt mir Acht!
PIST.	Falstaff lockt in die Falle

Ob Schön, ob Hässlich, Alle,
Jungfrau'n und Eheweiber.

BARD. Ja, Alle! Jene Krone
Die dem Aktäon zierte
Die Stirn, wünscht er Euch gleichfalls.

FORD	Was für ein Kopfschmuck ist es?
BARD.	*Die Hörner.*
FORD	Garstiger Ausdruck!
CAJUS	Was Hübsches wünscht er nicht.
FORD	Die Frau will ich bewachen,

Bewachen auch den Ritter,
Bewahren all mein Gut
Vor fremder Gier und Wuth. (die Frauen treten von links wieder ein)

FENT.	(erblickt Ännchen)	
		Sie ist's.
ÄNN.	(erblickt Fenton)	Er ist's.
FORD	(erblickt Alice)	Sie ist's.
ALICE	(erblickt Ford)	Er ist's.
CAJUS	(auf Alice zeigend)	Sie ist's.
MEG	(zu Alice, auf Ford zeigend)	Er ist's.
ALICE	(zu den Andern, auf Ford zeigend)	

Wenn er es wüsste!

ÄNN.	Himmel!
ALICE	Gehn wir ihm aus dem Wege!
MEG	Er ist wohl eifersüchtig?
ALICE	Und tüchtig.

(Ford, D.r Cajus, Bardolph und Pistol gehen nach rechts ab. Fenton bleibt)

QUICK.	Schnell dann fort.
ALICE	Wir sichern uns!

(Alice, Meg und Quickly gehen nach links ab. Ännchen bleibt.)

FENT. (zu Ännchen)
    Pst! Ännchen, komm doch her!
ÄNN. (legt, Stillschweigen gebietend, den Finger auf den Mund)
    St! Still! Was willst Du?
FENT. Nur einen Kuss.
ÄNN.   In Eile.
FENT. In Eile. (Sie küssen sich eilig in der Nähe der Baumgruppe)
ÄNN.   Feurige Lippen.
FENT. Purpurne Blüten!...
ÄNN. Von Euch zu nippen
    Muss man sich hüten!
FENT. Purpurne Blüten
    Sind mir die Deinen!
    Ach, zum Genusse
    Lass uns im Kusse
    Sie wieder vereinen!
    Gieb mir noch einen! (er will Ännchen umarmen)
ÄNN. (wehrt ihn ab und blickt rückwärts)
    Nein, keinen zweiten!
FENT. Sollen wir streiten?!
    Nur einen kleinen!
    Bitte!... (er will sie wieder küssen)
ÄNN. Du bist unklug. Nein....
FENT. Ja, zwei Küsse! (er raubt ihr den Kuss)
ÄNN. (macht sich los) Räuber!
FENT. Wie ich Dich liebe!
ÄNN. Da kommt man. (Sie fahren aus einander)
FENT. (singt, während er sich hinter den Bäumen verbirgt und Ännchen zärtlich betrachtet)
    Was man an Küssen
    Dem Munde genommen...
ÄNN. (unterbricht ihn und setzt den Gesang fort)
    Kann uns nicht fehlen
    Wird wiederkommen.
(Alice, Meg und M.rs Quickly kommen wieder zum Vorschein; Ännchen im Hintergrunde)

ALICE (zu den Andern)
    Falstaff hält uns zum Besten.
MEG Und das erheischt Vergeltung.
ALICE Wenn man ein Briefchen schickte?
ÄNN. (stösst wieder zur Gesellschaft)
    Nein, lieber eine Botschaft.
ALICE Ja.
ÄNN.   Ja.
QUICK. Ja.
ÄNN.   Ja.

ALICE	(zur Quickly)	Wohlan!
		Die Botin, die sei Du! (überlegend)
		Zum zarten Stelldichein
		Willkommen soll er sein.
QUICK.		Das ist ein Staatsstreich.
ANN.		Köstliche Posse!
ALICE		Erst locken wir ihn her
		Mit Kosen und mit Schmeicheln...
ANN.		Und dann?
ALICE		Und dann verlachen
		Den Narren wir.
QUICK.		Ja, er
		Verdient nichts Besseres.
ALICE		Der Stierkopf!
MEG		Die falsche schwarze Seele!
ALICE		Der Berg, der voll von Speck ist!
MEG		Wir bringen ihn zum Schmelzen!
ALICE		Der Vielfrass, der vergeudet
		In Küch' und Keller Alles!
ANN.		Wir tunken ihn ins Wasser!
ALICE		Wir braten ihn am Feuer!
ANN.		Die Freude!
ALICE		Das Vergnügen!
ALLE		Die Freude!
MEG	(zur Quickly)	Nimm Dich zusammen
		Und fall'nicht aus der Rolle!
		(Sie bemerken Fenton, der im Hintergrund umherstreicht)
QUICK.		Wer geht da?
MEG		Ich fürchte, man belauscht uns.
		(Alice, Meg, M.rs Quickly schnell nach rechts ab)

―◆―

FENT.	(sich sogleich zu Ännchen wendend)	
		Auf jetzt zum Sturme!
ANN.	(herausfordernd)	
		Auf zur Vertheid'gung!
		Komm an nur!
FENT.	(geht auf sie los, um sie zu küssen)	
		Warte!
ANN.	(bedeckt das Gesicht mit einer Hand, die Fenton küsst)	
		Das Thor geschlossen!
		Du siehst: wohl weiss ich mich zu wehren,
		Ein neuer Angriff schreckt mich nicht.
		Lass Dich belehren!
FENT.		Niemals, ich schwör' es!
		Ergieb Dich lieber!
ANN.		Und was verlangst Du?

Fent.	Du sollst mich küssen...
	Also... sonst heisst es
	Von Neuem fechten,
	Küssen die Hände,
	Küssen die Flechten.
	(er küsst ihre Haarflechten. Sie umwickelt ihm mit ihnen den Hals)
Ann.	Du bist gefangen!
Fent. (er küsst sie auf den Mund)	
	Du bist geschlagen!
Ann.	Gern will ich's tragen,
	Bleibst Du mein Sclave!
Fent.	O Gott, lass los!
	Nun küss mich zur Strafe!
Ann. (küsst ihn)	Und jetzt?
Fent.	Jetzt fangen
	Wir wieder an.
Ann.	Da wird mir bange,
	Das währt zu lange,
	Ende!
Fent.	Geliebte!
Ann.	Sie kommen... Ade, Schatz! (entschlüpft nach rechts)
Fent. (entfernt sich singend)	
	Was man an Küssen
	Dem Munde genommen...
Ann. (antwortet hinter der Scene)	
	Kann uns nicht fehlen,
	Wird wiederkommen.

(Von hinten her kommen D.ʳ Cajus, Bardolph, Ford und Pistol. Fenton kehrt dann zu ihnen zurück).

—❦—

Bard. (zu Ford)	
	Ihr werdet selbst ihn hören,
	Wie gross er spricht, der Prahlhans!
Ford	Doch wo ist seine Wohnung,
	Sagt mir...
Pist.	Im « Hosenbande. »
Ford	Ihr könnt mich bei ihm melden,
	Doch unter falschem Namen,
	Dann sollt Ihr sehn, wie leicht
	Er geht in meine Netze.
	Doch nichts davon verrathen!
Bard.	Ich pflege nicht zu schwatzen
	Ist doch mein Name Bardolph.
Pist.	Und ich, ich heisse Pistol.
Ford	Ja, wir verstehen uns.
Bard.	Verschwiegenheit ist Pflicht.
Pist.	Auch ich verstumme.
Ford	Dann sind wir also einig.
Bard.	Ja.
Pist.	Ja.
Ford	Mit Wort und Handschlag. (Sie schütteln einander die Hände)

(Vom Hintergrunde her k... und M.^s Quickly wieder)

CAJUS (zu Ford)	PISTOL (zu Ford)	BARDOLPH (zu Ford)	FENTON (für sich)
Fälle giebt es, exemplarische,	Gern was Süffiges mag naschen er!	Ein der Vorsicht Wohlbeflissener	Alles schwatzt und kann nicht endigen.
Wo der Arzt des krank Gewesenen	Wenn der Trunk sein Herz entzündete,	Sucht von Weitem schon dem schlagenden	Welch'ein schaurig Wortgewimmel!
Leiden vielfach überschätzte...	Könnt Ihr Euer Wunder hören.	Unheil kläglich auszuweichen:	Ob sie jemals sich verständigen?
Jedermann bezeugen kann's!	Drum sei Bacchus der Verbündete!	Wie es ausgeht, so begann's!	Wir verstehn uns doch so ganz!
Mittel braucht Ihr noch, barbarische,	Sieht den Wein in vollen Flaschen er,	Alles sehen soll und wissen er!	Liebe that uns auf den Himmel,
Zählt wohl schon zu den Genesenen,	Kriegt Ihr gleich ihn an den Tanz,	Blind erst sind die Hörnertragenden,	Ich und Ännchen, nichts verhandeln wir.
Und was Euch so schwer verletzte,	Und ich möchte darauf schwören,	Darum merket auf die Zeichen	Wie ein Doppelstern, so wandeln wir
Zeigt sich bald als Firlefanz.	Nichts verschweigt Euch Junker Hans.	Des betrog'nen Ehemanns!	Unsre Bahn in Kinem Glanz!

ALICE (zu Meg)	MEG (zu Alice)	ÄNNCHEN (zu Alice)	QUICKLY
Er hat die Gelegenheit	So polternd und ungestüm,	Oral muss man predigen	Bedenkt doch: der Dicke ist
Nicht richtig erkannt;	So wenig galant!	Dem höllischen Brand,	Zwar nicht sehr gewandt,
So gross die Verwegenheit,	Wer warf dieses Ungethüm	...ch seiner entledigen	Jedoch keine Mücke ist
So klein der Verstand!	An unseren Strand?	Mit fertiger Hand!	Solch ein Elephant!

ALICE	(zu Ännchen)	
	Nicht länger mehr umhergestreift!	(zur Quickly)
	Du führst den Auftrag aus!	
	Gleich einem Kater soll	
	Miauen er vor Liebe.	(zur Quickly)
	Verstanden?	
QUICK.	Ja.	
ÄNN.	So sei es!	
ALICE	Gleich morgen.	
QUICK.	Ja.	
ALICE (grüssend)	Lebwohl, Meg!	
QUICK.	Schön Ännchen, lebet wohl!	
ÄNN.	Ade!	
MEG	Ade!	
ÄNN.	Ade!	
MEG	Ade!	
ALICE	(die Andern noch zurückhaltend)	
	Gebt Achtung: Unser Dicker,	
	Wie wird er nun sich dehnen!	
	Er bläht sich...	
ALICE und MEG	Bläht sich...	
ALLE VIER	Bläht sich,	
	Bis er zerplatzt!	
ALICE	*Dein holdes Angesicht*	
	Wird strahlen über mir...	
ALLE	*Gleich einem Sterne, der*	
	Herabblickt auf das Erdrund.	Sie gehen lachend fort).

ZWEITER ACT.

1.

Das Innere des Gasthauses zum " Hosenbande "
(wie im ersten Acte).

Falstaff sitzt wieder in seinem grossen Lehnsessel und trinkt wie gewöhnlich seinen Xeres. — Bardolph und Pistol im Hintergrunde in der Nähe der Thür zur Linken. — Später M.rs Quickly.

BARD. *und* PIST. (indem sie von Zeit zu Zeit mit reuiger Zerknirschung an ihre Brust schlagen)
    Es verzehrt uns heisse Reue!
FALST. (sich kaum umwendend)
    So kommt zum Speck die Katze
    Wieder mit Freuden...
BARD. *und* PIST.   Lasst in
    Den Dienst zurück uns kehren!
BARD. (zu Falstaff)
    Sir John, wisst: draussen wartet
    'ne Dame; sie begehret
    Einlass bei Euer Gnaden.
FALST.   Sie komme.
    (Bardolph geht links ab und kehrt gleich wieder mit M.rs Quickly)
QUICK. (mit tiefen Knixen zu Falstaff, der ruhig sitzen bleibt)
    Meine Ehrfurcht!
    Gestatten Euer Edlen,
    So möcht' ich insgeheim Euch
    Wohl ein paar Worte sagen.
FALST. (herablassend)
    Es sei gewährt.
    (zu Bardolph und Pistol, die mit schiefem Gesicht links abgehen)
    Entfernt Euch!
QUICK. (macht wieder eine tiefe Verbeugung und kommt näher)
    Mein' Ehrfurcht!
    Ihr kennt Alice Ford...

FALST.	(erhebt sich und rückt der Quickly eifrig näher) Jawohl.
QUICK.	Ach Gott, das arme Herzchen! Geht! Ihr seid ein Verführer!
FALST.	So ist's. Doch weiter.
QUICK.	Alice Vergeht vor Sehnsucht förmlich, Vor Lieb' um Euch! Empfanget Auf Euern Brief die Antwort: Sie ist Euch dankbar, und Ihr Gatte sei daheim nicht Am Nachmittag um Drei.
FALST.	Am Nachmittag um Drei.
QUICK.	Gefällt es Euer Gnaden, So könnt Ihr unbehindert In ihre Wohnung kommen, Dort seid Ihr sicher. Ach, Das arme Herzchen! Was Für Qualen muss sie ausstehen, Ihr Mann... das ist ein Tiger!
FALST.	(die Worte der Quickly überdenkend) Am Nachmittag um Drei... Wohl, sag ihr: ungeduldig Harrt' ich der Stunde, pünktlich Stellt' ich bei ihr mich ein.
QUICK.	O Freude!... Eine zweite Bestellung soll ich machen.
FALST.	So rede.
QUICK.	Die schöne Meg... Ein Zuckerengel, ja, Das muss ich selber sagen!... Auch sie hat einen Gruss An Euch mir aufgetragen. Jedoch ihr Mann sei leider Nur selten ausser Hause... Das arme Herzchen! So keusch Ist keine Lilie sonst!... Ihr müsst sie rein behexen!
FALST.	's ist keine Hexerei, Nur ein gewisses Etwas Meiner Person... höre: Sagt's Eine nicht der Andern?

QUICK.	Niemals! So dumm ist keine Der Damen, Gott bewahre!
FALST.	(sucht in seiner Börse) Ich will erkenntlich sein.
QUICK.	Wer Dank sä't, erntet Liebe.
FALST.	(zieht ein kleines Geldstück hervor und giebt es ihr) Nimm das, Mercur im Unterrock! Grüss' mir die beiden Damen!
QUICK.	Empfehl' mich. (ab nach links)
FALST.	Mein Alice! Brav, alter Hans! Brav, brav! Und also immer weiter! (sich wohlgefällig betrachtend) Ja, dieses Prachtgebäude Hält tüchtig noch zusammen, Du stichst die Jugend aus! Alle die hübschen Frauen Gerathen gleich in Aufruhr, Sie reissen sich um Dich! Wie gut, mein alter Bauch, Dass ich Dich pflegte! Dir Muss ich es danken!
BARD.	(von links eintretend) Sir John, es wartet draussen Ein « sich' rer » M.ʳ Born, Der Eure Freundschaft sucht. 'ne Flasche alten Cyprers Sendet er, sie zu leeren Mit Euer Gnaden.
FALST.	Also, Born ist sein Name?
BARD.	Ja.
FALST.	Nun, sehr willkommen ist Mir dieser Born, ein Bronnen, Der solchen Trank mir spendet! Bring' ihn! (Bardolph geht hinaus) Brav, alter Hans! Nur immer weiter!

(Ford tritt verkleidet von links ein; Bardolph, der mit einer Verbeugung die Thür öffnet und schliesst, hinterher; desgleichen Pistol, der eine Korbflasche trägt. Pistol und Bardolph bleiben im Hintergrunde. Ford hält einen Beutel in der Hand).

FORD (geht nach einer tiefen Verbeugung auf Falstaff zu)
      Der Himmel
Verleih' Euch Gnad'!

FALST. (den Gruss erwiedernd) Er segne
　　　　Mir Euern Eintritt!
FORD (immer verbindlich) Wahrhaftig
　　　　Ich bin sehr unbescheiden,
　　　　Und bitte um Vergebung,
　　　　Dass ich unangemeldet
　　　　Zu ungeleg'ner Stunde
　　　　Euch plötzlich fall' in's Haus!
FALST.　Ihr seid mir sehr willkommen!
FORD　　Es steht ein Mann vor Euch,
　　　　Der allzuviel erhalten
　　　　Vom Ueberfluss des Lebens,
　　　　Der lebt und leben lässt!...
　　　　Der Goldsack sein Panier,
　　　　Fortuna seine Dame,
　　　　Und Born, so ist sein Name.
FALST. (seine Hand sehr herzlich schüttelnd)
　　　　Theurer Herr Born! es freut mich,
　　　　Zu sehen Euch bei mir,
　　　　Ich bitt' um Eure Freundschaft!
FORD　　Theurer Sir John! ich bitte
　　　　Um nichts als um die Eure!
BARD. (leise zu Pistol; beide spähen und lauschen)
　　　　(Es macht sich.
PIST. (ebenso zu Bardolph) Still doch!
BARD.　　　　　　　　　　Achtung!
　　　　Ich wette:
　　　　Er hält den Köter
　　　　Bald an der Kette!
PIST.　　Ford geht ihm um den Bart.
BARD.　　Sieh nur!
PIST.　　　Sieh nur!)
FALST.　Was macht Ihr da? (auf einen Wink von ihm entfernen sich beide)
　　　　Nun redet!　　　　　　　　　(zu Ford)
FORD　　Sir John, ich fass' ein Herz mir,
　　　　Denk' ich an ein bekanntes
　　　　Und altes, gutes Wort:
　　　　Vor dem goldenen Finger springen die Riegel,
　　　　Die gold'ne Hand bricht Eisen,
　　　　Der gold'ne Kopf denkt weise.
FALST.　Ein Feldherr ist das Gold
　　　　Und ein Erob'rer.

Ford	(nähert sich dem Tische) Seht Ihr... Hier hab' ich einen Beutel, Der drückt mich allzu schwer ; Sir John, ich wär' Euch dankbar, Hälft Ihr ihn tragen mir.
Falst.	Ist's weiter nichts ?... (er nimmt den Beutel und legt ihn auf den Tisch) Gern wüsst' ich, Warum Ihr grade mich Erwähltet...
Ford.	Hört mich an. In Windsor wohnt ein Weibchen, Hübsch ist sie und gefällig, So wie ihr Nam': Alice. Ihr Mann heisst Ford.
Falst.	Ich höre.
Ford	Sie lieb' ich... ohne Hoffnung ! Ich schreibe... keine Antwort. Ich spähe... nichts zu sehen. Ich warte... sie lässt mich warten. Was hab' ich aufgewendet, Vergeudet und verschwendet, Ja, was gewagt, ersonnen... Und dennoch nichts gewonnen ! Ich kam nicht von der Stelle, Sie hütet ihre Schwelle ! Nun wird man mich verlachen, Spottlieder auf mich machen !
Falst.	(lustig trällernd) *Ein Narr, wer sich auf Liebe nicht versteht ! Nur den Verfolger fliehl sie ; Jedoch als Schatten folgt sie, Dem Spröden, der sie flieht.*
Ford	Was half es, dass ich Alles Bezahlte schwer mit Gold ?
Falst.	Klar zeigt der Ernst des Falles : Nicht war das Glück Euch hold.
Ford	(trällernd) *Ein Narr, wer sich auf Liebe nicht versteht !...*
Falst.	(unterbricht ihn) Und gab sie Euch denn nie Ein Zeichen ihrer Liebe ?
Ford	Nein.

FALST.	Und was kann ich da Wohl thun für Euch?
FORD	So hört: Ihr seid ein Mann von Adel, Beredtsam, wacker, weise, Ein Ritter ohne Tadel, Geübt in manchem Gleise...
FALST. (leutselig)	Geht!
FORD	Ohne Schmeicheln!.. Und da Ist dieser Sack mit Golde... Verwendet es, verschwendet es! Verschenkt, verschwendet Alles, Was etwa sonst mein Eigen! Reich sollt Ihr sein und glücklich! Dafür nur bitt' ich: bringet Zu Fall Aliccns Tugend!
FALST.	Seltsamer Wunsch!
FORD	Ich meine: Jene gepries'ne Schöne – So sagt man – hat ein Leben Der Ehre stets geführt. Sie pocht auf ihre Treue, Weiss nichts von Furcht und Reue, Und wenn sie nur was Arges spürt, Gleich heisst's: *Weh dem, der mich berührt!* Wenn Ihr sie nun erobert, Dann wird sie bald auch mein: Der Zweite nach dem Ersten! So geht's... seht Ihr dies ein?
FALST.	Also vorerst den Beutel! Nun gut, ich will ihn nehmen Als Unterpfand der Freundschaft; Auf Cavaliersparole Sodann... hier meine Hand drauf!... (er drückt Ford kräftig die Hand) Sollt Euer Ziel Ihr schnell Erreichen, ja, Frau Ford... Ihr sollt sie haben!
FORD	Danke!!
FALST.	Ich bin halb auf dem Wege... (Euch zu verschweigen brauch' Ich's nicht! In einer Stunde, Ich schwör's, ist sie die Meine!

FORD (überrascht, mit halb ersticktem Schrei)
  Wer?...
FALST. (ruhig) Nun, Alice.
  Sie hat zu mir geschickt
  Soeben eine Freundin,
  Zu melden, das Rabenaas
  Von Ehemann daheim nicht
  Am Nachmittag um Drei.
FORD (tonlos)
  Am Nachmittag um Drei...
  Kennt Ihr den Gatten?
FALST. Der Teufel
  Hol' ihn, trag' ihn zur Hölle,
  Dort findet er Gesellschaft!
  So 'n Rabenaas! So 'n Hundekerl!
  Geduld! Geduld nur! Pünktlich
  Besorgen Alles wir.
  Er soll nur mucksen, so häng' ich
  Ihm einen Kranz von Schwärmern
  Noch an die Hörner! Ja,
  Toll will ich seh'n das Hornvieh!
  Geduld! Lasst mich nur machen!...
  Zeit wird's! Verzieht ein Weilchen,
  Ich will in Staat mich werfen.
          (er geht mit dem Geldsack nach hinten ab)
FORD Ist's Wahrheit? Nicht blos Traum?...
  Zwei Riesengabeln wachsen
  Mir aus dem Schädel!
  Wär's möglich?... M.' Ford,
  Schläfst Du? He, aufgewacht!
  Besinn' Dich! Auf! Dein Weib
  Verirrt sich, Schande will
  Sie bringen auf dein Haus,
  Sie will beschmutzen dir
  Den blanken Namen!... Nah ist
  Die Stunde, der Verführer
  Bestellt, du bist verkauft,
  Verrathen! Und da sagt man
  Noch, dass ein eifernder Eh'mann
  Von Sinnen sei!... Schon hör' ich
  Sie zischeln hinter mir,
  Schon seh' ich, wie mit Fingern
  Sie heimlich auf mich deuten.

Ist nicht der Ehestand
Die Hölle? Weiber, Teufel!
Wer auf Euch baut, der ist
Ein Schwachkopf oder Narr!
Nein, lieber einem Deutschen
Sein Bier vertrauen oder
Sein Essen einem Gast
Aus Holland, oder
Sein Fläschchen Aquavit
'nem Russen, als ein Weib
Der Tugend! Was für Namen,
Für Titel und für Würden
Erhalt' ich da: ein Hornvieh,
Hahnrei und Rabenaas!...
Himmel und Hölle! Ach,
Die Schande, ach, die Schande!
Aber noch ist es Zeit!
Dich fass' ich und Dich pack' ich,
Verdammter, alter Sünder!
    Erst heisst es passen
    Und dann ihn fassen!
Laut ruft die Schmach um Rache!
Aus tiefstem Herzensgrunde
Dem Himmel sag' ich Dank
Für meine Eifersucht!

FALST. (kehrt durch die Thür des Hintergrundes zurück. Er hat ein neues Wamms an und trägt Hut und Stock)
    Schon bin ich da. Kommt, geh'n wir!
    Ihr geht doch mit ein Stückchen?

FORD   Gern will ich Euch begleiten.
(Sie gehen, bleiben aber vor der Thür stehen; jeder will dem Andern den Vortritt lassen)

FALST.   Zuerst Ihr!

FORD   Nein, nach Euch!

FALST.   Nein, hier bin ich zu Hause,
    Ich bitte.

FORD   Nicht doch...

FALST.   Die Dame
    Darf man nicht warten lassen.

FORD   Drum, ohne Artigkeiten...

FALST.   So geh'n wir!

FORD   Bitte.

FALST.   Bitte.
    Nun wohl...

BEIDE   Zusammen beide!   (Sie gehen Arm in Arm hinaus)

II.

Zimmer im Hause Ford's.

Hinten ein grosses Fenster. Thüren rechts und links; rechts im Hintergrunde auf die Ecke zu noch eine Thür, die auf die Treppe geht. Eine zweite Treppe in der linken hinteren Ecke. Durch das offene grosse Fenster sieht man den Garten. Ein zusammengeklappter Wandschirm steht links an der Mauer, an den geräumigen Kamin gelehnt. An der rechten Wand ein Schrank. Ein Tischchen, eine Bank mit Lade. Längs den Mauern ein Sessel und mehrere Feldstühle. Auf dem Sessel liegt eine Laute. Auf dem Tische stehen Blumen.

Alice, Meg, dann Quickly, zuletzt Ännchen.

ALICE	Durch eine Bill im Parlament Besteuern wir noch heute Alle die dicken Leute!
QUICK.	(tritt lachend durch die Thür zur Rechten) Gevatterin!
ALICE	Bist Du's?
MEG	Wie steht's?
QUICK.	Er ist im Garne.

(Alice und Meg laufen auf die Quickly zu, während Ännchen, die ebenfalls eingetreten ist, betrübt zur Seite steht)

ALICE	Vortrefflich.
QUICK.	Vom hohen Pferde soll er 'runter! Sein Kopf blieb in der Schlinge hangen.
ALICE und MEG	Erzähl' uns Alles. Munter, munter!
QUICK.	Als ich im « Hosenbande » War angekommen, sucht' Ich Zutritt alsobald Bei dem gewicht'gen Manne Für den geheimen Auftrag. Der edle John gewähret Die Audienz in Gnaden, Empfangt mich dann grossartig Mit gönnerhafter Miene: *Komm, gute Frau, nur näher*

(Falstaff imitirend)
(sich selbst parodirend)

	Ich (*Meine Ehrfurcht*) mache	
	Die unterthänigste	
	Verbeugung, rede dann	
	Von honigsüssen Dingen.	
	Mit Wonneblinzeln schluckt	
	Er selig alle meine	
	Dick aufgestrich'nen Märchen.	
	Er glaubt – mich kurz zu fassen –	
	Rein Alles, glaubt: kein Weib	
	Kann je ihm widerstehen,	
	Ihr liebt ihn zärtlich beide !!	
	Nun wird er eiligst kommen,	
	Ja, eiligst zu Euch her.	
ALICE	Und wann denn?	
QUICK.	Heute, gleich,	
	Am Nachmittag um Drei.	
MEG	Am Nachmittag um Drei.	
ALICE (sieht nach der Uhr)		
	Es wird bald schlagen!	
ALICE, MEG *und* QUICK.		
	Am Nachmittag um Drei!	
ALICE (läuft nach dem Hintergrunde und ruft:)		
	Halloh! Ned! Will! Ned! Will!	(zur Quickly)
	's ist Alles vorbereitet	(ruft wieder)
	Ihr bringet hier herein	
	Den grossen Korb mit Wäsche!	
QUICK.	Das wird ein Hauptspass werden!	
ALICE	Ännchen, wo bleibt Dein Lachen?	
	Was gab's?	(geht zu ihr und streichelt sie)
	Gar Thränen? Was	
	Geschah? Sag's Deiner Mutter!	
ÄNN. (schluchzend)	Der Vater...	
ALICE	Was?	
ÄNN.	Der Vater...	(bricht in Thränen aus)
	Will, dass zum Mann ich nehme	
	Den Doctor Cajus!!	
ALICE	Wie?	
	Den Pflasterkasten?	
QUICK.	O Gott!	
MEG	Den Narren?	
ALICE	Den Pedanten?	
ÄNN.	Ja, diesen Karrengaul!	

ALLE	Nein, nein!
ANN.	Lebendig lieber
	Mich gleich begraben!
ALICE	Oder
	Mit Rüben Dich zu Tode
	Bewerfen!
QUICK.	Richtig!
MEG	Recht so!
ALICE	Nein, fürchte nichts!
ANN. (hüpft vor Freuden)	Juchheissa!
	Der Doctor Cajus wird
	Mein Gatte nicht!

(Unterdessen haben zwei Knechte einen grossen Korb voll Wäsche hereingebracht)

ALICE (zu den Knechten)   Hin stellt ihn!
  Wenn ich dann rufen werde,
  Nehmt Ihr den Korb und leert ihn
  Dort in den Graben.
ANN.   Bums!
ALICE (zu Ännchen)
  Du, schweige!   (zu den Knechten, die abgehen)
    Ihr entfernt Euch!
ANN.   Bums! Fallen wird die Bombe.
ALICE Zum innern Schauplatz nun!
         (sie holt einen Sessel und stellt ihn neben den Tisch)
    Der Sessel hier!
ANN. (holt die Laute und legt sie auf den Tisch)
    Die Laute da!
ALICE (zu Ännchen und Meg, die dann den Wandschirm holen)
  Den Wandschirm dort geöffnet!
         (Sie stellen den Schirm zwischen Korb und Kamin auf und öffnen ihn)
  Zurecht stellt ihn! Es geht!...
  Noch etwas weiter!...
  Jetzt kann das tolle Possenspiel beginnen!
  Lustige Weiber von Windsor! Das sind wir,
  Fahren darein wie der sausende Wind wir!
  Rings dann erhebt sich ein heiteres Lachen,
  Und greinen die Männer, was wollen sie machen!?
    Lustige Weiber,
    Vier Blätter am Stengel!
    Wild wie die Teufel,
   · Gut wie die Engel
    Und ohne Zweifel

Die tollsten im Land!
  Wir schaffen
  Uns Waffen
  Aus Witz und Verstand.
Doch jetzt... (zu Meg)
  Du begreifst Deinen Theil an der Sache?

MEG (zu Alice) Vollkommen begreif' ich!
  So führen wir's aus!
QUICK. Ich habe die Wache.
ALICE (zur Quickly) Im Nothfalle pfeif' ich.
ÄNN. Ich bleib'an der Thür und behüte das Haus.
ALICE So wollen wir ein fröhlich Beispiel geben,
  Wie weit in Ehren man beim Spasse geh'n darf!
  Denn sicher sind wir, dass wir nichts erleben,
  Das nicht ein jeder seh'n darf.
  (Quickly tritt ans Fenster im Hintergrunde und beobachtet die Strasse)
ALICE, ÄNN. und MEG
  Die lustigen Weiber von Windsor, das sind wir!
  Und fahren darein wie der sausende Wind wir,
  Erschallet ein heiteres Lachen!
QUICK. (zu den Andern, immer zwischen ihnen und dem Fenster hin und her laufend)
  Nun aufgepasst! Er kommt!
ALICE Und wo?
QUICK. Dort um die Ecke.
ÄNN. Schnell dann!
QUICK. Ja, er ist gleich im Hause.
ALICE (zu Ännchen auf den Ausgang zur Linken zeigend)
  Dorthin gehst Du! (zu Meg, sie rechts hinweisend)
  Und dorthin Du!
  Auf Posten!
ÄNN. Auf Posten! (läuft links ab)
MEG Auf Posten! (rechts ab)
QUICK. Auf Posten! (nach hinten ab)

(Alice setzt sich an den Tisch und schlägt einige Accorde auf der Laute an; Falstaff tritt schnell ein. Als er Alice bemerkt, bleibt er stehen und beginnt zu singen).

FALST. (singend) *Du wirst gebrochen,*
  O Blümelein...,
  Gebrochen!
  (er nimmt Alice um die Mitte. Alice hört zu spielen auf, erhebt sich und legt die Laute nieder)

ALICE Ha, jetzt, Ihr Götter, lasst mich sterben!
Was kann ich wohl erleben
Nach dieser trauten Schäferstunde noch?
O mein süsser Sir John!
FALST. Mein Herzensweibchen! Ich
Verstehe mich auf's Schönthun nicht,
Weiss nicht zu schmeicheln, noch
Dir Phrasen vorzudrechseln,
Doch einen frevelhaften Wunsch
Erlaube mir!
ALICE Der ist?
FALST. Der ist:
Ich wollte, dass Dein Mann
Einmal gestorben wär!...
ALICE Wozu?
FALST. Wozu? Du fragst mich noch?
Ich machte Dich zur Lady,
Und Falstaff wär Dein Lord!
ALICE Ach, dazu taugt' ich nicht!
FALST. (eifrig) Gleich an den Hof mit Dir!
Ich seh' Dich schon geschmückt
Mit meinem Wappenschild,
Stolz unter Edelsteinen
Wogt dann Dein Busen hin!
Beschämen soll der Augen Schein
Das Feuer der Brillanten,
Ich wickle Dich in Spitzen ein,
In echte Brüssler Kanten!
Ein Thurm in Venetianertracht
Sei Deines Hauptes Pracht!
ALICE Bei solcher Pracht würd' ich verlieren,
Ich bin zu schlicht, zu unscheinbar,
Weit besser weiss ich mich zu zieren
Mit einer Blume hier im Haar. (sie steckt sich eine Blume ins Haar)
FALST. (will sie umarmen)
Sirene!
ALICE (tritt einen Schritt zurück)
Schmeichler Ihr!
FALST. Wir sind allein, kein Lauscher darf uns schrecken...
ALICE (mit verstellter Angst)
O Gott!
FALST. Mein Weibchen!

ALICE (ihn fortschiebend)
　　　　　　Sie könnten uns entdecken!
FALST. (sich nähernd)
　　　　　　Man soll sein Glück nicht aus den Händen lassen!
ALICE (verschämt)　Sir John!
FALST.　　　　　Soll die Gelegenheit erfassen!
　　　　　　Ja, meine Liebe macht es leider kundbar...
ALICE (ihn unterbrechend)
　　　　　　Dass Euer Herz nur allzu leicht verwundbar!
FALST.　　　　Ja, schon als Page
　　　　　　Des Herzogs von Norfolk
　　　　　　War ich ein Kerlchen,
　　　　　　Flink wie ein Kreisel,
　　　　　　Blank wie ein Perlchen!
　　　　　　Das war in Zeiten
　　　　　　Der grünenden Jugend!
　　　　　　Damals schon galt ich
　　　　　　Als Muster der Tugend,
　　　　　　Und auch die Weiber
　　　　　　Liebten den Kleinen,
　　　　　　Stets war er lustig
　　　　　　Und schnell auf den Beinen.
ALICE　　　　's ist zum Erstaunen!
　　　　　　Doch fürcht' ich Eure Launen,
　　　　　　Befürcht', Ihr liebt schon...
FALST.　　　　Wen?
ALICE　　　　　Meg.
FALST.　　　　　Im Ernst?
　　　　　　Die kann ich gar nicht anseh'n!
ALICE　　　　Verrathet mich nur nicht!
FALST.　　　　Dich will allein ich lieben
　　　　　　Wie meiner beiden Augen Licht!
　　　　　　　　　　　　(verfolgt sie und sucht sie zu umarmen)
　　　　　　Für ewig!
ALICE (abwehrend)　　Schonet mein!
FALST. (fasst sie um den Leib)
　　　　　　Für ewig!
QUICK. (von draussen)　　Frau Alice!
FALST. (lässt Alice los und steht verwirrt)
　　　　　　　　　　　Ha,
　　　　　　Wer wagt's?
QUICK. (tritt mit verstellter Angst ein)
　　　　　　Ach, Frau Alice!

ALICE	Was giebt es?
QUICK. (athemlos)	Um Vergebung! Es ist Frau Meg. Sie will Euch sprechen, kaum noch hält sie Sich keuchend aufrecht!
FALST.	Widrige Störung!
QUICK.	Sie kommt Herein, nicht konnt' ich's hindern...
FALST.	Wo mich verbergen?
ALICE	Hier Hinter dem Wandschirm.

(Falstaff verbirgt sich hinter dem Wandschirm; sobald er verschwunden, giebt M.rs Quickly der vor der Thür harrenden Meg ein Zeichen. Meg tritt in scheinbar grosser Erregung ein. Die Quickly wendet sich zum Ausgang).

MEG	Alice! Wie entsetzlich! Das Unglück! Nicht zu sagen! Nur keine Zeit verloren! Entflieh!
ALICE	Mein Herr und Heiland! Was giebt's denn? Sprich!
MEG	In grossem Zorne kommt Dein Gatte hergelaufen, Wild schreiend...
ALICE (leise)	Sprich noch lauter!
MEG	Er wolle Einen morden!
ALICE (wie vorher)	So lach' doch nicht!
MEG	Nie hab' ich Deinen Mann So wüthend noch gesehen! Erschrecklich tobt' und flucht'er Ueber der Weiber Falschheit!
ALICE	Der Herr erbarm' sich!
MEG	Einen. Geliebten habest Du Bei Dir, und dem, so sagt 'er, Geh's an den Hals...
QUICK. (kommt mit lebhaftem Geschrei wieder)	Ach, Frau Alice! Herr Ford Ist da! Schnell rettet Euch! Er kommt wie ein Gewitter Und blitzt und donnert furchtbar, Er fuchtelt mit den Fäusten, Heult wie der wilde Satan...

ALICE (näher zur Quickly, mit leiser Stimme, etwas betroffen)
　　　　Im Ernste oder Spasse?
QUICK.　Im Ernst. Ich sah ihn laufen
　　　　Durch alle Gartengänge
　　　　Und hinterdrein ein Haufen
　　　　Von Leuten... ein Gedränge...
　　　　Gleich muss er überschreiten
　　　　Die Schwelle...
FORD (hinter der Scene schreiend)
　　　　Ha, betrogen!!
FALST.　Den Teufel seh' ich reiten
　　　　Auf einem Fiedelbogen!!

—⚜—

(Falstaff, der sich eilig auf die Beine machen wollte, verbirgt sich wieder sobald er die Stimme Ford's gehört. Alice sperrt ihn mit einer schnellen Bewegung in den Wandschirm ein, so dass er nicht mehr zu sehen ist)

FORD (im Hintergrunde, den ihm Nachfolgenden zurufend)
　　　　Verschliesst alle Thüren!
　　　　Besetzt alle Treppen!
　　　　Wir wollen ihn jagen,
　　　　Zum Galgen ihn schleppen!
　　　　(Im Laufe treten D.r Cajus und Fenton ein; bald darauf Bardolph und Pistol)
　　　　(zu Cajus)
　　　　Nur Achtung! Nur Achtung!
　　　　Er kann nicht entrinnen!
　　　　(zu Fenton)
　　　　Du lauerst im Gässchen auf!
　　　　(Sie laufen schreiend umher, während Fenton links abgeht
BARD. *und* PIST. Zum Jagen!
FORD (zu Bardolph und Pistol, auf die Kammer zur Rechten weisend)
　　　　Durchsucht alle Räume
　　　　Von aussen und innen!
ALICE (trotzig zu Ford)
　　　　Du bist wohl von Sinnen?
　　　　Du Narr!
FORD (sieht den Korb)
　　　　Was ist hier im Korbe?
ALICE　Die Wäsche.

FORD	Du Hexe !
	Ja, mich seifst Du ein ! (er übergiebt dem Dr Cajus ein Schlüsselbund)
	Da sind meine Schlüssel,
	Eröffnet die Schränke ! (wieder zu Alice)
	Muss ich Dich ertappen !? (giebt dem Korb einen Fusstritt)
	Zum Teufel die Lappen ! (schreit nach dem Hintergrunde zu)
	Vergesst nicht im Garten
	Die Bänke !

(er reisst wüthend die Wäsche aus dem Korbe heraus, durchstöbert das Innere und streut Alles auf dem Fussboden umher, indem er jedes Stück argwöhnisch betrachtet)

	Die Hemden	
	Befremden...	(hinausrufend)
	Ist der Schuft noch nicht da?	
	Mir zum Schimpfe ! –	
	Nichts wie Strümpfe !	
	Ah, bah !	
	Was nützen	
	Die Mützen,	
	Gewänder	
	Und Bänder?.	
	Nichts da...	
ALICE, MEG und QUICK.	(auf die Verstreuten Stücke hinsehend)	
	Sturmeswüthen !	
FORD (wie vorher)	Vielleicht	
	Auf dem Dache ?	
	Lief schnell er	
	Zum Keller ?...	
	Ich wette :	
	Im Bette !...	
	Dann Rache !	
	(läuft während seines Schreiens durch die Thür zur Linken fort)	
ALICE	Gott erbarme sich !	
QUICK.	Jetzt gilt es !	
ALICE	Wie sollen wir ihn gleich	
	Entfernen ?	
MEG	Durch den Korb.	
ALICE	Ein Ritter, und im Wäschkorb ?	
	Auch hat er Platz nicht.	
FALST.	(kommt hervor und geht auf den Korb los)	
	Lasst	
	Mich seh'n !... Es geht schon, geht schon.	
ALICE	Ich will Euch Träger holen. (ab.

MEG (stellt sich erstaunt)
  Sir John! Ihr hier? Ihr?
FALST. (steigt in den Korb)   Engel!
  Dich einzig lieb' ich... rette
  Mich, rette!
QUICK. (die Wäsche auflesend zu Falstaff)
  Duckt Euch!
MEG   Nur munter!
QUICK.   Duckt Euch! Duckt Euch!
FALST. (drückt sich mit aller Gewalt in dem Korbe zusammen)
  Ach, ach!... Es sei... bedeckt mich!
QUICK. (zu Meg, sehr eilfertig)
  Munter!
  Und dann hinunter!
  (Ännchen und Fenton treten von links ein. Beide reden halblaut und vorsichtig)
ANN.   Mir nach!
FENT.   Mit Bangen.
ANN. (geht auf den Schirm los)
  Soll es nicht knarren,
  Leise gegangen!
FENT. (ihr nach) Haus voller Narren!
ANN.   Wenn ich's erfasse.
  So sind sie hier
  Verrückt vor Hasse...
FENT.   Vor Liebe wir.
ANN. (sie nimmt ihn bei der Hand und zieht ihn hinter den Schirm, wo sie sich verbergen)
  Folge mir... leise!
FENT.   Wir wollen schleichen.
ANN.   Den Hafen erreichen...
FENT.   Schwierige Reise!
ANN.   Was uns doch begegnet!
FENT. (schliesst die sich Sträubende in seine Arme)
  Da gilt kein Einwand!
BEIDE   Schirmende Leinwand
  Sei uns gesegnet!   (Sie schliessen den Schirm hinter sich)
CAJUS (hinter der Scene)
  Erschlagt ihn!
FORD (ebenso)   Den Verführer!
CAJUS (wirbelt ins Zimmer herein)
  Zerreisset ihn!

FORD (im vollen Laufe herein) Den Strauchdieb!
(Bardolph und Pistol laufen den beiden von rechts entgegen)
(zu Pistol)
Dort?
PIST. Nein.
FORD (zu Bardolph) Dort?
BARD. Nein. Gefehlt!
FORD (zieht eine Lade heraus)
Lasst mir den Schuft nicht entschwinden!
CAJUS (hat in den Kamin gesehen)
Er ist auch da nicht zu finden!
FORD Doch ahnt mir, der Kerl ist im Hause!
Ich möchte drauf wetten, ich möchte drauf wetten'
CAJUS Sir John, o wie wollt' ich mich freuen,
Wenn wir schon am Galgen Dich hätten!
FORD (will den Wandschrank mit Gewalt aufreissen)
Heraus, Du Verräther!
Ich sprenge die Mauer!
CAJUS (sucht nach dem für den Schrank passenden Schlüssel)
Ergieb Dich!
FORD Heraus, Missethäter!
BARD. *und* PIST. (kommen durch die linke Thür gelaufen)
Vergebens!
FORD (mit D.r Cajus am Schranke beschäftigt, während Bardolph und Pistol wieder dahin gehen, wo sie hergekommen sind)
Du Fluch meines Lebens!
Ergieb Dich, Verräther! (es gelingt endlich den Schrank zu öffnen)
Umsonst!
CAJUS (seinerseits die Lade ziehend)
Heraus da!
Umsonst! (fegt suchend im Zimmer umher)
Kommst Du einmal heraus,
Dicke Maus!
FORD (zieht wie ein Besessener das Schublädchen des kleinen Tisches heraus)
Du Feister!
CAJUS *und* FORD Du feister,
Du dreister
Schalksmeister,
Heraus!
(Ännchen und Fenton kosen ruhig weiter hinter dem Wandschirm, ohne sich um den Lärm zu bekümmern, und geben sich endlich einen schallenden Schmatz. In demselben Augenblicke schweigt der Tumult, und Alle horchen auf das Geräusch des Kusses).
FORD (leise, den Wandschirm im Auge)
Da.
CAJUS Da.

I Gruppe (vor dem Wandschirm).

FORD
(behutsam näher schleichend)
Ist er's endlich ?

D.r CAJUS
(vorsichtig auf den Schirm losgehend)
Selbstverständlich.

FORD
Erst gefangen!

D.r CAJUS
Dann gehangen!

FORD
Nein, gefodert!

D.r CAJUS
Nein, erdrosselt mit 'ner Schnur!

FORD
Dann gerädert!

D.r CAJUS
Freu' Dich nur!
Sprich Dein Gebetlein!

FORD
Wart', wenn ich Dich endlich kriege!
Du sollst sterben wie 'ne Fliege!

BARDOLPH
(von links zurückkommend)
Vorwärts, Freunde!

PISTOL
(mit Bardolph, und Leuten aus der Nachbarschaft)
Ihm zu Leibe!

FORD
(zu Bardolph, Pistol und deren Begleitung)
Pst! Nicht weiter! Wir sind fertig.

II Gruppe (Schirm).

Wa
Au
We
Wi
Au
Fle
An
Tr

Mu
Dir
Dir
Mei
O
Dic
An'
Mö

III Gruppe (vor dem Wäschkorbe).

QUICKLY
(dicht am Korbe, zu Meg)
Ich schirm' und behüte
Den Korb hier mit Blicken;
Zu schmal für den Dicken
Wohl ist diese Düte.
Schwer trägt er dadrinnen
Die eigene Last,
Bedeckt von den Linnen
Zu trauriger Rast.

MEG
(ebenso zu Quickly)
Wer spielte noch kecker?
Doch zieh'n wir den Treffer
Es macht erst der Pfeffer
Die Speise hier lecker.
Rings mögen sie fluchen,
Vom Wahnsinn erfasst,
Sie mögen ihn suchen,
Den sauberen Gast!

FALSTAFF
(in den Korb klopfend, von innen)
Ich schmore.

QUICKLY
(zu Meg, auf Falstaff anspielend)
Ja, poche nur, poche!

FALSTAFF
Ich koche.

I Gruppe (vor dem Wandschirm).

FORD
(geheimnissvoll mit gedämpfter Stimme, auf den Wandschirm zeigend)
Er ist dort bei meinem Weibe!

BARDOLPH
Dessen war ich nicht gewärtig!

Dr CAJUS und PISTOL
Ruhig!

FORD
Ruhig nun ans Werk gegangen!
Und der Vorsicht nicht vergessen!

BARDOLPH
Lasst uns doch die Ratte fangen,
Eh' den Kuchen sie gefressen!

FORD
(zu den Andern, die auf den Schirm losgehen wollen)
Haltet ein! Denn eh' wir schlagen,
Muss ein Plan entworfen werden.

BARDOLPH, PISTOL und CHOR
Richtig!

Dr CAJUS
's hiess' zuviel auch wagen,
Wenn das Leben wir gefährden!

FORD
Wohlerfahren in der Taktik,
Kenn' ich auch die beste Praktik.
(zu Pistol und den Andern)
Ihr macht Angriff von der Rechten!
(zu Bardolph und Dr Cajus)
Und zur Linken mögt Ihr fechten!
(zu Anderen)
Ihr bleibt bei mir in der Mitte,
Folget meinem Führerschritte!

ALLE
Bravo, Feldherr ohne Gleichen!

Dr CAJUS
Wir erwarten nur das Zeichen!

pe (hinter dem Wandschirm).

ÄNNCHEN

Zu anderen Räumen
Sind wir erhoben.

FENTON

Von Hochzeitsträumen
Gelind umwoben.

ÄNNCHEN

(in Verzückung)

Goldene Lichter,
Wie schön sie blinken!
Engelsgesichter
Hinauf mir winken.
Heiter in's Klare
Vorausgeschaut!
Bald am Altare
Sind wir getraut!

III Gruppe (vor dem Wäschkorbe).

MEG
(zur Quickly)
Er darf sich nicht rühren!

QUICKLY
(sich herabbeugend und zu Falstaff in den Korb hineinredend)
Sie könnten Euch spüren!
Bleibt ruhig!

FALSTAFF
(hebt den mit Wäsche bedeckten Kopf ein wenig unter dem Deckel hervor)
Ich brate.

QUICKLY und MEG
Hübsch unten geblieben!

FALSTAFF
(wieder auftauchend)
Ich sterbe,
Verderbe.

MEG
Nur munter!

QUICKLY
Hinunter!

FALSTAFF
(steckt die Nase aus dem Korbe)
Nur einmal verschnaufen,
Geliebteste Meg!

QUICKLY
In 's Garn ihnen laufen?
Hinunter! Weg!

MEG
Weg!

I Gruppe (vor dem Wandschirm).

FORD
(zu D.' Cajus, das Ohr dem Wandschirm nähernd)
Hört das Knistern und das Rauschen!
Wie sie Zärtlichkeiten tauschen!!
's ist Alice und der Dicke,
Weh dem lockern Galgenstricke!
Dass sie schamlos sich erdreisten,
Thun, als wären sie allein,
Ärgert mich am allermeisten,
Das ist mehr noch als gemein!

D.' CAJUS
(zu Ford, ebenfalls mit dem Ohr am Schirme)
Ja, ich hör' es, und ich sehe,
Theurer Freund, aus nächster Nähe:
Schändlich hat man Euch betrogen,
An der Nase 'rumgezogen.
Solches macht nicht Muth zum Freien,
Aber doch sag' ich nicht Nein,
Glücklich lebt man nur zu Zweien,
Bald ist Euer Ännchen mein!

BARDOLPH
(zu Pistol)
Einen guten Fang zu machen,
Würd' ich mehr daran noch wagen!
Stets hab' ich in fremden Sachen
Mich als Ehrenmann betragen.
Wir, die Diener zweier Herren,
Können wohl zufrieden sein.
Da wir uns nicht thöricht sperren,
Kommt uns Alles doppelt ein.

PISTOL
(zu Bardolph)
Mich ergötzt die tolle Posse,
Bringt sie doch uns sachte weiter!
Und wir steigen manche Sprosse
Höher auf der Ehrenleiter.
Spielen wir die Zionswächter
Mit den Andern im Verein!
Als der Sittlichkeit Verfechter
Kämpfen wir in ihren Reih'n!

CHOR DER NACHBARN
Um des Nächsten Wohlergehen
Kümmern sich getreue Seelen.
Was in Nachbars Haus geschehen,
Lässt ja doch sich nicht verhehlen!
Menschlich scheint dem Menschen Vieles
Und dem Reinen Alles rein;
Zu der Lust des Mitgefühles
Tragen wir der Neugier Pein.

FORD
(zu den Andern)
Still! Hieher! Jetzt soll es werden!
Ruhe! Achtung gebt! Es sei!

D.' CAJUS
Das Signal nun!

FORD
Eins... Zwei... Drei...
(sie stürzen dem Wandschirm zu)

D.' CAJUS
(bemerkt die Liebenden)
Was ist das?!

FORD
(und die Andern)
Es ist zum Rasen!

II Gruppe (hinter dem Wandschirm).

FENTON
...Augen
...ken,
...ugen
...trinken!
...Wangen
...ut?
...mfangen
...rant!

BEIDE

...liebte (r) Dein!
...(die) Deine!
...liebte (r) mein!
...(die) Deine!

(Wandschirmes bleiben sie
...eint in ihrer Stellung)

Ha!

III Gruppe (vor dem Wäschkorbe).

MEG
(zur Quickly)
Fein achtsam!
Das Lachen,
Du musst es verbeissen,
Den Korb zu bewachen,
Er könnte zerreissen,
Bestraft wird ein jeder,
Ein Zeug und ein Leder:
Der Gatte, der tolle,
Der Vetter, der volle.
's ist Keiner viel nütze –
Weiss Gott! - von den Zwei'n!
Vor unserem Witze
Verstummt ihr Latein.

QUICKLY
(zur Meg)
Bedachtsam!
Wir machen
Nur, was uns geheissen,
Wenn wir in den Rachen
Der Hölle ihn schmeissen!
Er ist keine Feder.
Kein Faden, ist weder
Von Kork noch von Wolle;
Er denkt, dass er solle
Zerschmelzen vor Hitze,
Und quiekt wie ein Schwein.
Ja, stöhne nur, schwitze,
Ergieb Dich darein!

FALSTAFF
(nach Luft schnappend)
Ah! Lasst mich in 's Freie!

ALICE
(kehrt zurück und geht zu dem Korbe hin)
Kein Wörtchen!

FALSTAFF
(aufhauchend)
Ich schreie!

MEG und **QUICKLY**
(zu Falstaff)
Ihr seid wohl von Sinnen?

FALSTAFF
(schreiend)
Ich bleibe nicht drinnen!

MEG und **QUICKLY**
Euch wird der Marsch geblasen!

FALSTAFF
Zu Hilfe! Zu Hilfe!
(die Frauen ducken ihn unter und setzen sich auf den Korb)

ALICE, **MEG** und **QUICKLY**
(auf die Männer deutend, die hinter dem Wandschirm Ännchen und Fenton entdeckt haben)
Die langen Nasen!

FORD (voll Wuth zu Ännchen)
   Ein sauberes Betragen!   (zu Fenton)
   Dich hab' ich auf dem Strich!
   Wie oft noch soll ich sagen:
   Die da ist nichts für Dich!?
     (Ännchen entflieht in Angst. — Fenton geht im Hintergrunde ab)
BARD. (läuft nach hinten)
   Dort ist er!
FORD   Wo denn?
PIST.   Auf der Stiegen.
FORD   So haltet ihn!
ALLE   Ja, haltet!
    (Alle Männer laufen nach der Treppe im Hintergrunde)
QUICK.   Wenn sie ihn nur kriegen!
ALICE (laut schellend)
   Ned! Will! Tom! Isaak!
    (Ännchen kommt wieder mit vier Knechten und einem kleinen P?gen)
   He, hurtig! Diesen Wäschkorb
   Entleert gleich aus dem Fenster
   In's Wässerlein des Grabens...
   Nicht allzuweit vom Ufer,
   Da, wo die Weiber spülen ihre Linnen!
ÄNN., MEG und QUICK.
   Ja, ja, ja, ja!
ÄNN. (zu den Knechten, die sich mit dem Korbe abmühen)
   Ein grosser Pack ist drinnen.
ALICE (zu dem Pagen, der dann über die Treppe fortgeht)
   Du holst mir meinen Gatten!
 (zu Meg, während Ännchen und Meg den Knechten zuschauen, die den Korb aufgehoben haben)
   Bericht von unserm Streich will ich erstatten.
   Sieht er erfrischt vom kalten Bad den Ritter,
    Ist er wohl unverweilt
    Von seiner Eifersucht geheilt!
QUICK. (zu den Knechten, die schon am Fenster sind)
   Schwer ist's!
MEG und ALICE   Nur weiter! Weiter!
ÄNN.   Schon kracht der Boden da!
ÄNN., MEG und QUICK.
   Hebt!
ALICE (der Korb wird in die Höhe gezogen)
   Noch einmal!

ÄNN., MEG *und* QUICK.   Noch einmal!
ALICE   Jetzt geht es!
ÄNN., MEG *und* QUICK.   Jetzt geht es!
> (Der Korb, Falstaff und die Wäsche puzzeln aus dem Fenster, ein lauter Schrei und helles Gelächter von den Weibern drunten. Grosse Heiterkeit der vier Frauen, die im Zimmer sind. — Ford und die Andern kehren zurück. — Alice nimmt Ford untern Arm und führt ihn schnell ans Fenster)

ALLE   *Hoplala!*

DRITTER ACT.

I.

Ein offener Platz.

Rechts das Gasthaus zum « Hosenbande » mit dem Wirthszeichen und dem Motto « Hony soit qui mal y pense. » Neben dem Thorweg eine steinerne Seitenbank mit Tisch. — Der Abend dämmert.

FALST. (sitzt nachdenklich auf der Thorbank; er schüttelt sich, schlägt mit der Faust auf und ruft den Gastwirth)
He! Hört denn niemand?...
Du Welt, du diebische Welt!
Schandwelt du! *(der Wirth erscheint)*
    Höre, Gastwirth,
Einen Becher mit Glühwein! *(der Wirth geht in's Haus)*
Darum bin ich zu Jahren
Gekommen, darum war ich
Ein tapfrer Ritter, dass man
Davon mich trägt in einem
Wäschkorbe und in's Wasser
Mich hinschmeisst mit beschmutzten
Und alten Fetzen,
Wie einen Wurf von Katzen
Oder von jungen Hunden!
Ja, wär' mein guter Bauch nicht
Geschwommen wie 'ne Blase,
Wär' ich ertrunken!
O schnödes Wasser, das ich
Verachte!... Schlechte Welt!
Die Tugend schwand, 's giebt keine Treue.

Geh, alter Hans, geh, geh,
Geh Deines Weges! Was
Willst du noch länger leben?
Mit dir verschwindet edle
Mannhaftigkeit auf Erden.
Traurige Zeiten sind das.
Gott helfe mir!
Ich werde mager, und
Mein Haar ergrauet...
(Der Wirth kommt mit einem grossen Becher wieder, den er auf den Tisch setzt, und geht dann in's Haus zurück)
Vermengen wir das Wasser
Mit etwas starkem Glühwein! (er trinkt schluckweise und schnalzt mit der Zunge)
Gut so. (er streckt sich behaglich aus)
Der Wein eröffnet unser Herz
Der Sonne... (er wird immer lebendiger und gewinnt seinen alten Frohsinn wieder)
Welche Wohlthat!
Ein erles'ner Tropfen verjagt
Die schwarzen Schatten der Schwermuth,
Erhellt die düstere Stirn,
Erweckt das träge Gehirn.
Und jeglicher Becher
Wird bald zum Sorgenbrecher,
Den Grillenfänger
Verwandelt er zum Sänger: (singt)
Freue dich, liebes Herz,
Vergiss all' deinen Schmerz,
Schlag' einen Triller!...
Mit dem Safte der Reben
Zurück rufst du mich heut zum Leben,
O Wein, du Schmerzenstiller!

QUICK. (tritt auf und unterbricht Falstaff's Weinlaune)
  Meine Ehrfurcht!
  Mich schickt Alice...
FALST. (aufschnellend)   Zum Teufel
  Mit ihr! Sie kann's noch wagen!?
  Sie liegt mir in den Knochen,
  Ich habe sie im Magen!
QUICK. Ihr seid im Irrthum, Herr...
FALST. Ich danke schön!! Denn noch
  Verspür' ich hier die Wirkung
  Der zartesten Besorgniss!

Noch sind mir steif die Glieder!
Lag ich doch krumm gewickelt
Gleich einem Wollknäul!... Taug' ich
Zum Bologneserhündchen
Im Nähkorb einer Dame?
Und Die Gerüche! Die Hitze!
Ein Mann von meinem Schlage,
Der gleich in solchem Dampfbad
Dahintropft wie 'ne Kerze!
Dann, als ich, halb gesotten,
Noch rauche von Dunst und Gluthen,
Schmeissen sie mich in's Wasser...
Gesindel!!!

(Alice, Meg, Ännchen, Mr Ford, Dr Cajus, Fenton kauern hinter einem Hause links, um zuzuhören, und kommen, eines um das andere, hervor, um gleich wieder vorsichtig zurückzuweichen)

QUICK.   Sie kann dafür nicht!
Ein Missverständniss!...

FALST.   Fort mit Dir!

QUICK. (sehr eifrig)
Die Schuld liegt an den Knechten,
An ihrer Dummheit!
Nun weint Alice, jammert,
Ruft alle Heil'gen an.
Das arme Herzchen liebt Euch,
Da lest nur!

(Sie zieht einen Brief aus der Tasche; Falstaff nimmt ihn und liest)

ALICE (seitwärts lauschend, mit leiser Stimme zu den Andern)
(Liest er?

FORD (leise)   Freilich.

ÄNN.   Er lässt sich wieder fangen.

ALICE   Immer der alte Adam!

MEG. (zu Alice, auf einen Wink der Mrs Quickly)
Verbergt Euch!

CAJUS   Er liest noch.

FORD   Nun hat er angebissen).

FALST. (liest noch einmal laut mit grosser Aufmerksamkeit)
Im königlichen Park um Mitternacht erwart' ich Euch.
Wenn Ihr kommt, so verkleidet Euch als der schwarze Jäger.
An der Eiche des Herne!

QUICK.   Wie süss solch ein Geheimniss!
Um Euch zu seh'n, bedient sie
Sich schlau der wohlbekannten

Uralten Mär. Der Baum
Gehört dem wilden Heere,
Und zwischen seinen Zweigen
Erscheint der *schwarze Jäger.*
Drum meidet auch das Volk
Jenen verruf'nen Platz.

FALST. (nimmt die Quickly am Arm und zieht sie mit sich in den Gasthof)
Wir reden drinnen weiter,
Und Du erzählst mir Alles!

QUICK. (geheimnissvoll in ihrer Erzählung fortfahrend, während des Hineingehens)
Nachts, wann geschlagen dumpf die zwölfte Stunde...

FORD Wie schaurig!

ALICE (kommt mit der ganzen Gesellschaft hervor und ahmt der Quickly komisch nach)
Nachts, wann geschlagen dumpf die zwölfte Stunde,
Und Alles sich in Dunkelheit verlor,
Dann reichen Geister sich die Hand zum Bunde,
Und Herne kommt aus seinem Baum hervor.

Du kannst ihn langsam, langsam schweben schauen,
Mit fahlen Wangen und mit hohlen Blicken,
Den Rock mit Blut befleckt...

ANN. Mich fasst ein Grauen!

MEG. Mir läuft es gruselnd kalt herab am Rücken!

ALICE (mit natürlicher Stimme)
Ein Märchen, ein Ammentrug,
Um fürchten zu machen
Die Kinder, und dumm genug
Für ein Schauergedicht!

ALICE, ANN., MEG
Wir aber, wir lachen
Und fürchten uns nicht!

ALICE (wieder in den früheren Ton fallend)
Den Rock mit Blut befleckt... Du siehst ihn nahen
Vom Stamm, an welchem er einst sterben musste...
Geister erscheinen... aus der Stirn ihm wachsen
Zwei Hörner mächtig, mächtig..

FORD Prächtig!
Die Hörner freuen mich
Vor Allem.

ALICE Schweige nur!
Du auch verdientest wohl
Deine gerechte Strafe!

FORD	Verzeih mir... ich gestehe Ja meinen Fehler ein!
ALICE	Weh Dir, wenn wieder einmal Du Miene machen wolltest, Zu sehen, ob der Buhle Deines Weibes Nicht steck' in einer Wallnuss!... Nun aber ist es Zeit, Dass wir zu Werke schreiten!
MEG	Ja, eilen vir!
FENT.	- Und lasst Uns Alles vorbereiten!
ALICE	Hör', Ännchen!
ÄNN.	Nach Befehl!
ALICE	Schon gut. Dich will ich seher Als Königin der Feen, In Weiss gekleidet, ganz In Schleier eingehüllt, Rosenbekränzt das Haar!
ÄNN.	Wohl! Und ein Feenlied Will ich studiren!
ALICE (zu Meg)	Dich Zur Nymphe jenes Hains hab' ich erkoren, Und unsere gute Quickly Stellt eine Trude vor.
ÄNN. (heiter)	Das wird sie treffen!

(der Abend rückt vor, die Sonne verfinstert sich nach und nach)

ALICE	Dann lad' ich noch zum Feste
	Ein Dutzend kleiner Gäste:
	   Poltergeister,
	   Foltermeister,
	   Gnomen, Elfen,
	   Die uns helfen.
	Wir waffnen tüchtig uns zum Überfalle
	Und plagen Falstaff alle...

ÄNN., MEG, FENT.	Alle!
ALICE	Bis er in unsern Banden Bekannt und eingestanden, Was Übles er vollbracht; Dann soll die Maske fallen, Gelächter rings erschallen Wohl durch die ganze Nacht.

MEG	Die Zeit drängt. Gehen wir!
ALICE	Zum Stelldichein an der Eiche
	Des Herne!
FENT.	Ja so sei 's!
ANN.	Ein feiner Anschlag! Gelt? (fröhlich)
	Und er wird uns gelingen!
ALLE	(unter einander)
	Lebt wohl! (Alice geht nach links ab, desgleichen Ännchen und Fenton)
ALICE	(zurückrufend zu Meg, die nach rechts abgeht)
	Vergiss nicht die Laternen!
MEG	Nein.

(Ford spricht heimlich mit Dr Cajus, dicht an dem Gasthofe; die Quickly kommt heraus, bemerkt die beiden und bleibt lauschend stehen)

FORD	Nur getrost!
	Mein Mädel ist Euch sicher!
	Euch ist ja doch bekannt,
	Wie sie sich heut verkleidet?
CAJUS	Ja, Rosen in den Haaren,
	Und weiss das Kleid und der Schleier!
ALICE	(hinter der Scene)
	Und Du besorgst die Masken auch!
MEG	(dergleichen, von der anderen Seite)
	Ganz sicher.
	Und Du denkst an die Klappern!
FORD	(in seinem Gespräch mit Dr Cajus fortfahrend)
	Ich habe
	Schon meinen Plan geschmiedet.
	Noch vor dem Ende des Festes
	Kommt Ihr heran zu mir,
	Natürlich in der Maske,
	Im Schleier sie, Ihr aber
	In eines Mönches Tracht
	Und ich vereine Euch,
	Geb' Euch zusammen gleich.
CAJUS	(geht Arm in Arm mit Ford nach links ab)
	Wohl, also soll es sein!
QUICK.	(auf der Schwelle des Gasthauses, mit schlauer Geberde den Abgehenden nachblickend, später rechts ab)
	Ja, sonst was! (hinter der Scene)
	Ännchen, he,
	Lieb Ännchen, he!

ÄNN. (hinter der Scene) Was giebt's?
QUICK. (wie vorher)
        Das Liedchen für die Fee
        Nur ja vergiss nicht!
ÄNN. (wie oben) Ei ganz gewiss nicht!
ALICE (hinter der Scene)
        Nur vorwärts jetzt!
QUICK. (noch weiter entfernt) Wer kommt
        Zuerst, der mahlt zuerst. (Es ist Nacht geworden)

II.

Im Park von Windsor.

In der Mitte der Bühne die grosse Eiche Herne's. Im Hintergrunde der Wall eines Grabens. Dichtes Laubwerk und blühende Sträucher und Blumen. — Nacht.

Man hört in der Ferne die Anrufungen der Parkwache. — Der Garten erhellt sich allmählich im Mondlicht.

FENT. (tritt auf)
    Die Liebe soll der Lippe Hauch beschwingen,
        Ein Lied durchbricht der Nacht beklomm'nes Schweigen,
        Um sehnsuchtsvoll dahin emporzusteigen,
    Wo sanft erwiedert wird sein flehend Singen.

    Und horch: der kühne Flug scheint zu gelingen,
        Der Liebsten Herz dem Sänger sich zu neigen!
        Verkündend, dass es lange schon sein Eigen,
    Die Stimmen selig in einander klingen.

    Lied ward um Lied getauscht, erhört das Werben,
        Im Kuss verhauchend will der Sang ersterben,
        Dass neue Blüten er in's Leben treibe.
    Denn was an Küssen man dem Mund genommen....

ÄNN. (hinter der Scene von ferne)
    Kann uns nicht fehlen, wieder wird es kommen.

BEIDE   Wie stets sich füllt des Mondes gold'ne Scheibe.

(Ännchen erscheint als Feenkönigin verkleidet. Fenton, der sie umarmen will, wird von der plötzlich dazwischen tretenden Alice zurückgehalten. Alice ist nicht maskirt, trägt aber eine Kappe und eine Kutte über dem Arme)

ALICE   Nun still gestanden!
    Schnell angelegt die Kappe!
                                (sie nöthigt Fenton, die Kappe aufzusetzen)

FENT. (von Alice und Ännchen bedient)
    Was soll mir das?

ÄNN.   Lass uns nur machen!

ALICE (reicht Fenton die Kutte) Auch das hier!
(M.rs Quickly folgt Alice; sie trägt eine grosse Haube, einen Stab und eine Gesichtsmaske mit Schnauze)
ANN. (Fenton betrachtend, der die Maske anlegt)
    Er könnte gleich in's Kloster der Trappisten gehn.
ALICE (hilft Fenton eilig die Maske anlegen)
    Die bösen Ränke, welche Ford
    Ersonnen, wenden wir
    Zum Spott ihm, uns zum Vortheil.
FENT. So sagt mir doch...
ALICE   Gehorche
    Blindlings und schweigend!
    Lass die Gelegenheit
    Dir nicht entwischen!   (zur Quickly)
           Wer wird
    Die falsche Braut denn machen?
QUICK. Ein Schelm mit langer Nase,
    Der unsern Arzt verabscheut.
MEG (vom Hintergrunde herbeieilend, maskirt und grün gekleidet)
    Am Graben dort versteckt
    Schon lauern meine Geister.
ALICE (lauschend) Halte!... Ja, Herr Herne
    Kommt schon. Nun vorwärts!
ANN., MEG, und QUICK.   Vorwärts!
(Alle eilen mit Fenton links ab)
FALST. (tritt beim ersten Glockenschlage der Schlossuhr hinten auf, ein Hirschgeweih auf dem Kopf und in einen weiten Mantel gehüllt. Es schlägt Mitternacht)
    Eins, zwei, drei, vier, fünf, sechs!
      Sieben Schläge!
    Acht, neun, zehn, elf, zwölf.
    's ist Mitternacht.   (die Eiche sehend)
    Das ist die Eiche. Nun,
    Ihr Götter, steht mir bei!
    Zeus auch verwandelte sich
    Aus Liebe zur Europa
    In einen Stier; auch er
    Trug Hörner. Also lehren
    Bescheidenheit die Götter.
    O Liebe, die das Vieh
    Zum Gott, doch auch den Gott
    Zum Vieh macht!   (Alice erscheint links im Hintergrunde)
    Leises Geräusch von Schritten!
    Alice! Dich ruft Dein Treuer!   (er nähert sich Alicen)
    Komm doch! Ich bin ganz Feuer!

ALICE (näher kommend)
>Sir John!
FALST. >Nur her, mein Schätzchen!
>Auf dieses stille Plätzchen!
ALICE (mit falschem Pathos)
>Gross ist der Liebe Macht!
FALST. (sie anfassend)
>Hierher! Lass Dich nicht bitten!
ALICE >Sir John!
FALST. >Allzu geschwind hin
>Gehet die schöne Nacht!
>O komm, Du meine Hindin! (vergnügt)
>Nun mag's Kartoffeln regnen,
>Rettiche und Radieschen,
>Ja, Butter mag es schneien...
>Was macht's, Alicechen,
>Uns Zweien?...
ALICE >Dort hinter jener Weide
>Ist auch noch Meg.
FALST. >So lieb' ich Euch denn beide,
>Gleich auf dem Fleck!
>Da habt Ihr mich!
>Theilt mich wie einen Apfel!!
>Zerschneidet mich!!! Cupido
>Mag meiner sich erbarmen!
>O Liebe, welche Noth!
MEG (hinter der Scene)
>Zu Hilfe!
ALICE (Schreck heuchelnd) >Da schreit was! O Tod!
MEG (kommt ohne Maske und bleibt im Hintergrunde)
>Das wilde Heer kommt! (entflieht)
ALICE >Hilf Gott! Entfliehen wir!
FALST. (entsetzt) Ja wie denn? Wie?
ALICE >O Gott
>Im Himmel sei mir gnädig! (läuft schnell nach rechts fort)
FALST. (versteckt sich bei dem Stamme der Eiche)
>Der Teufel macht mich einer Sünde ledig!
ANN. (hinter der Scene)
>Nymphen! Elfen! Sylphen!
>Ihr heimischen Dryaden!
>Die Ihr in diesen Fluren lebt
>In Laub und Schilfe,
>Erhebet Euch und schwebt!

FRAUENSTIMMEN (weit entfernt)
  Nymphen! Sylphen! Dryaden!
FALST Das sind die Feen! Wer sie sieht, nimmt Schaden.
  (er wirft sich platt auf den Boden und drückt das Gesicht zur Erde).

Ännchen tritt auf, als Feenkönigin, mit einem Gefolge von neun weissen und neun lichtblauen kleinen Feen und Elfen. — Weiterhin *Meg* als grüne Nymphe, *Quickly* als Trude, und *Alice;* alle Drei verlarvt. *Bardolph* in einer rothen Kutte, ohne Larve, die Kapuze über dem Gesicht, *Pistol* als Satyr, *D.r Cajus* in einer grauen Kutte, ohne Larve, mit Kapuze, *Fenton*, verlarvt, in schwarzer Kutte, *Ford* ohne Maske und Larve. Vierundzwanzig Feen und Elfen schliessen den Zug. Die Kleinen bilden einen engeren Kreis um ihre Königin, die Grossen einen weiteren äusseren. — Die Männer alle rechts, die Frauen alle links gruppirt.

ANN.   Euch, kleine Elfen, lockt heran
              Die Mitternacht des Haines,
            Fangt gleich den Reigen mit mir an
              Beim Glanz des Mondenscheines.

            Zum Fange lasst uns schreiten,
              Durchstreift das Gras gelind!
            Singend soll uns begleiten
              Im Laub der Säuselwind.
                          (Langsamer und geräuschloser Tanz der Kleinen)
CHOR DER FEEN UND ELFEN.
            Hier sind wir Alle geborgen
            Und ferne von Verrath,
            Wir tanzen, bis der Morgen
            Der Erde wieder naht.

ANN.   Die Lilien, die blassen,
              Verschliessen süsse Tropfen,
              Wenn wir bescheiden klopfen,
            Werden sie trinken lassen.

            Auch bei den blauen Veilchen
              Wird gut man aufgenommen,
              Heissen sie uns willkommen,
            So rasten wir ein Weilchen.

Nur bei dem rothen Flieder
Ruhet zu lang nicht aus:
Wenn Ihr entschlaft, nicht wieder
Kommt Ihr zurück nach Haus!
(Die kleinen Elfen umschwärmen die Blumen)

CHOR   Nein, hier in dem Bereiche
Scheint gar zu hell der Mond,
Wir gehen zu der Eiche,
Wo Jäger Herne wohnt.
ÄNN.   Ein trautes Plätzchen, vom Winde verschont!
BARD. (stösst auf Falstaffs Körper und hält die Feen mit gewichtiger Geberde zurück)
Haltet an!
PIST. (herzukommend)   Was ist?
FALST.   O Gott!
QUICK. (Falstaff mit dem Stabe berührend)
Ein Mensch!
ALICE, ÄNN., MEG   Ein Mensch!
CHOR   Ein Mensch!
FORD   Gehörnt gleich einem Rindvieh!
PIST. Geründet wie ein Kürbis!
BARD. Und dick gleich einem Mehlsack! (stösst Falstaff mit dem Fusse)
He, Freund, steht auf!
PIST.   Steht auf!
FALST. Lasst Hebebäume holen!
Ich kann nicht.
FORD   Bleib' er liegen!
QUICK. Er ist sündhaft!
CHOR   Er ist sündhaft!
ALICE, ÄNN., MEG Er ist unrein!
CHOR   Er ist unrein!
BARD. (mit Hexenmeister-Geberden)
Wir müssen ihn beschwören!
ALICE (heimlich zu Ännchen, während D.r Cajus immer jemand zu suchen scheint)
Schnell die Gefahr vermieden!
Der Doctor will Dich holen.
(Fenton und die Quickly entziehen Ännchen den Blicken des Doctors, indem sie sich vor sie hinstellen)
ÄNN.   Wir müssen uns verstecken.
(sie entfernt sich mit Fenton nach dem Hintergrunde, von Alice und der Quickly gedeckt)
QUICK. Doch wieder kommt Ihr schnell,
Wenn ich Euch rufe!
(Ännchen, Fenton und Quickly verschwinden hinter den Büschen)

BARD. (beschwörend über Falstaffs Körper stehend)
Hört den Meister,
Geister!
Nachtkobolde!
Und Unholde!
Kommt zur Stelle
Aus dem Pfuhl der Hölle!
Sehet den Schächer Ihr,
Den Verbrecher hier?...
Schlaget und beisset ihn!
Rupfet und reisset ihn,
Zaust ihn am Felle!

(Vom Hintergrunde laufen Knaben herbei, die als Kobolde gekleidet sind, und stürzen auf Falstaff los. Andere, phantastisch herausgeputzte Plagegeister tauchen in der Runde auf. Die Einen sind mit Schnarren und Klappern versehen, die Andern mit Ruthen, wieder Andere tragen kleine rothe Laternen)

FALST.   O weh!
Rings rührt und regt es sich zappelig!

KOBOLDE, IRRWISCHE *und* TEUFEL (lassen Falstaff in den Vordergrund rollen)
Rippel' Dich, rappel' Dich!

(Die Kobolde kneifen ihm in Arme und Wangen, geben ihm Ruthenstreiche und stechen ihn mit Nesseln und Dornen)

Packet und placket ihn!
Greifet und kneifet ihn!
Zwicket und zwacket ihn!
Rüttelt und schüttelt ihn!
Immer geschwinder!

(Die kleineren Quälgeister tanzen rund um ihn herum; einige steigen ihm auf den Rücken und schlagen Purzelbäume. Falstaff möchte sich vertheidigen, kann sich aber nicht rühren)

FALST. .   Au! Au! Au! Au!

CHOR DER QUÄLGEISTER MIT SCHNARREN *und* KLAPPERN
Der Gauch,
Der unmässige!
Der Bauch,
Der gefrässige!
Ihm Strafe verkündiget,
Weil schwer er gesündiget!
Umklappert, umschnarret ihn
Im schwindelnden Kreise!
Verhöhnet und narret ihn
Auf jegliche Weise!
Treibt Mängel und Fehle
Aus Leib ihm und Seele!

	Der ruchlose Sünder	
	Verdient's nicht gelinder!	(Die Lärminstrumente schweigen)
ALICE, MEG, QUICK.		
	Packet und placket ihn!	
	Greifet und kneifet ihn!	
	Zwicket und zwacket ihn	
	Rüttelt und schüttelt ihn	
	Immer geschwinder!	
FALST.	Au! Au! Au! Au!	

ALICE, MEG, QUICK. *und* CHOR
    Schreie nur, ächze nur!
    Wins'le nur, krächze nur!
    Wir sind die Deinigen,
    Die sich vereinigen,
    Um Dich zu peinigen
    Und von den Flecken Dich,
    Welche bedecken Dich,
    Gründlich zu reinigen!

(Ford, Dr Cajus, Pistol und Bardolph heben Falstaff in die Höhe und zwingen ihn zu knien)

CAJUS *und* FORD	Du Schlauch!
BARD. *und* PIST.	Du Gauch!
	Du Bauch!
ALLE VIER	Du Tropf!
	Du Knopf!
	Du Vieh!
	Auf Deine Knie!
FORD	Güterverschlinger!
ALICE	Gelderdurchbringer!
BARD	Beutelausleerer!
QUICK.	Bettenbeschwerer!
PIST.	Häuserausspürer!
MEG	Frauenverführer!
CAJUS	Stutenzerreiter!
FORD.	Schalk u. s. w.!

(Bardolph hat der Quickly den Stab weggenommen und giebt Falstaff Schläge)

ALLE	Das Laster künftig scheue!
FALST.	O weh! Ich scheu' es!
ALLE	Büsse! Bereue! Bereue!
FALST.	Ja, ich bereu' es!

(Pistol nimmt den Stab von Bardolph und giebt Falstaff eine neue Tracht Schläge; dann empfängt Bardolph wieder den Stab und prügelt Falstaff zum dritten Male)

BARD. (kommt Falstaff mit dem Gesicht sehr nabe)
　　　　　Du liegst im Sündenfieber!
FALST.　　Du riechst nach Schnaps, mein Lieber!
ALICE, MEG, QUICK.
　　　　　Herr, mach' ihn fromm und bieder,
　　　　　Gieb ihm die Unschuld wieder,
　　　　　Sich gnädig auf ihn nieder!
FALST.　　Und heile meine Glieder!
CAJUS, BARD., FORD, PIST.
　　　　　Untugendeiferer!
　　　　　Tugendbegeiferer!
　　　　　Berg der Verdorbenheit!
　　　　　Masse der Schandbarkeit!
　　　　　Gieb Antwort!
FALST.　　Verzeiht!
CAJUS, BARD., FORD, PIST.
　　　　　Straft man Dich recht und billig?
　　　　　Gieb Antwort!
FALST.　　Ja, beichten will ich!
BARD.　　 König der Schufte!
FALST.　　Geh weg! Verdufte!
CAJUS, BARD., FORD, PIST.
　　　　　Du Fettgeschiebe!
　　　　　Du Dieb aller Diebe!
FALST.　　Thut mir die Liebe...
BARD. (sehr heftig)
　　　　　Machen Dich mürbe die Prügel und Hiebe!?

(im Eifer der Rede gleitet ihm die Kapuze in den Nacken)

FALST. (erhobt sich)
　　　　　Feuer, Salpeter und Schwefel!!
　　　　　Das ist Bardolph! O Frevel!!

(er dringt auf Bardolph ein, der zurückweicht)

　　　　　Strahlst Du im Dunkel,
　　　　　　Nasenkarfunkel?
　　　　　Wagst Du Dich hier hervor,
　　　　　　Blutiges Meteor?
　　　　　　Du Salamander!
　　　　　　Du rother Feuermolch!
　　　　　　Du glühender Haken!
　　　　　　Du Schneiderbügeleisen!
　　　　　　Du Bratspiess der Hölle!
　　　　　　Du Purpurspinne!

               Du Leuchtpfahl!
               Du Galgenvogel!
               Du Nachtlaterne!
               Du Brandpfeil!
               So sag' ich! Wenn ich lüge,
               Könnt Ihr an einem Strumpfband
               Erhängen mich!!!

ALLE   Bravo!
FALST.   Und nun lasst mich in Frieden...
               Denn ich bin müde.
QUICK. (leise zu Bardolph, mit dem sie dann hinter den Bäumen verschwindet)
               (Kommt nur!
               Ihr macht die Braut mit Kranz
               Und Schleier!)
FORD   Doch derweil
               Wir uns vom Seitenstechen
               Ausruh'n... Sir John, o sagt doch:
               Wer ist nun der Gehörnte?
MEG *und* ALICE (höhnisch zu Falstaff)
               Ja, wer? O sagt doch, sagt!
ALICE (die Larve abnehmend)
               Ist Euch die Lust benommen?
FALST. (erkennt Ford und streckt ihm die Hand hin)
               Ei, Mr Born, willkommen!   (die Quickly kommt zurück)
ALICE (dazwischentretend und Ford gleichsam Falstaff vorstellend)
               Sir John, wollt Ihr gestatten...
               Seht Ford hier, meinen Gatten!
QUICK. (wie früher)
               Meine Ehrfurcht!... Ihr vermeintet,
               Zwei Damen wären albern
               Genug und närrisch, um
               Nur gleich Hals über Kopf
               Zu Grunde sich zu richten
               Für einen Alten mit so trägem Blute?
MEG *und* QUICK. Mit solcher Riesenglatze!?
MEG, QUICK. *und* ALICE
               Und solchem Dickwanst!?
FORD   Das
               Ist deutlich.
FALST.   Ich beginne
               Zu merken, dass ich leider
               Ein ziemlicher Esel war.

ALICE   Ein Dammhirsch!
FORD   Und ein Rindvieh
           Mit Eichenlaub.
ALLE   Ha, ha!
FALST   Und dieses Häuflein hier
           Von mittelmäss'ger Menschheit
           Verhöhnt mich, dünkt sich weise!
           Bedenkt doch: Ohne mich,
           Was hättet Ihr begonnen?
           Ich that erst etwas Salz,
           In Eure Fastenspeise!
           Ich war's, der Euch erheitert!
           Hat doch mein Witz Euch erst
           Den Horizont erweitert!
ALICE, MEG, QUICK. und CHOR
                    Versteht sich!
FORD   Das weiss Gott:
           Hätt' ich nicht lachen müssen,
           Wäret Ihr todt!...
                          Genug jetzt.
           Alles wird sich versöhnen!
           Ich hab 'ne Ueberraschung
           Erdacht: der Feen Königin
           Wollen mit Myrten wir krönen!

(D.ʳ Cajus und Bardolph, als Feenkönigin verkleidet und das Gesicht mit dem Schleier bedeckt, kommen Hand in Hand näher. D.ʳ Cajus hat die Maske vor dem Gesicht)

FORD   O seht: da kommt gescbritten
           Schon unser Brautpaar! Achtung!
CHOR   Gebt Achtung!
FORD   Siehe da:
           Im weissen Kleid, im Haare
           Nur Rosen, kein Geschmeide,
           Das ist das junge Bräutchen
           Mit dem erwählten Freier!

(Bardolph und D.ʳ Cajus gelangen bis in die Mitte; die Feen um sie her)

           Umgebt sie, zarte Nymphen!
ALICE   (führt Ännchen und Fenton vor, die eingetreten sind. Ännchen ist vollständig mit einem himmelblauen Schleier bedeckt)
           Und noch ein zweites Pärchen
           Von Liebenden erscheint hier,
           Um ebenfalls von uns
           Den Segen zu empfangen.

(Unter Alicens Führung nähern sich die Irrwische dem D.ʳ Cajus und Bardolph; das kleinste Gespenst, von Alice auf dem Arm getragen, hält seine Laterne in der Höhe von Bardolphs Gesicht)

FORD   Vortrefflich!
                Verdoppelt sei die Feier!
                Her mit den Hochzeitsfackeln!
                (Fenton und Ännchen stehen mit verschlungenen Händen ein wenig von der Mitte entfernt)
                Der Himmel segn' Euch!... Nun
                Herunter mit den Masken!
                Strahlet im Lichtglanz!
                (auf den Befehl Ford's lassen Fenton und D.ʳ Cajus schnell die Masken fallen. Ännchen entschleiert sich, und Quickly die hinter Bardolph steht, zieht diesem die Hülle vom Kopfe. Alle behalten das Gesicht offen)
CHOR   Ha!
CAJUS (erkennt Bardolph)
                O Schrecken!
FORD (überrascht)   Alle Teufel!   (das andere Paar bemerkend)
                Mein Ännchen dort mit Fenton!!
FALST., PIST. und CHOR
                Schöne Bescheerung!
CAJUS (bestürzt)   Mich
                Mit Bardolph zu vermälen!
                Entsetzlich!
ALLE   Victoria!
                Es lebe das Brautpaar!
FORD (noch immer starr vor Erstaunen)
                Es ist ein Wunder!
ALICE (zu Ford hingehend)
                Leicht wird ein Sündenmensch
                In's Netz hineingezogen
                Von seiner eig'nen Bosheit.
FALST. (geht zu Ford und verbeugt sich spöttisch)
                Mein theurer M.ʳ Ford,
                O sagt mir doch, ich bitt' Euch:
                Wer ist nun der Gehörnte?
FORD (zeigt auf D.ʳ Cajus)
                Er.
CAJUS (zu Ford)   Ihr.
FORD   Nein.
CAJUS   Ja.
BARD. (zu Ford und Cajus)   Ihr.
FENT. (auf Ford und Cajus)
                Sie.
CAJUS (zu Ford hintretend)
                Wir.
FALST   Ja, alle beide!

ALICE (auf Falstoff, Ford und Cajus hinweisend)
Nein, alle drei! (zu Ford, auf Ännchen und Fenton deutend)
Sieh nur,
Wie ängstlich die Kinder dort warten!
ÄNN. (zu Ford, mit bittend aufgehobenen Händen)
Lieber Vater, verzeih'uns!
FORD Wer die Grube gemacht, liegt selber drinnen!
Nichts ist zu thun dagegen.
Drum ohne langes Sinnen
Geb' ich Euch meinen Segen!
ALICE, ÄNN., MEG, QUICK., FENT., BARD., PIST.
Ein Vivat Hoch!
FALST. (zu Ford)
Ja, klug nur werden wir durch Schaden!
FORD (zu Falstaff)
Ihr seid zur Hochzeit freundlichst eingeladen!
ALLE (ausser D.r Cajus)
Ein Vivat!
SCHLUSSCHOR Alles ist Spass auf Erden,
Der Mensch ein geborener Thor;
Und glauben wir weise zu werden,
Sind dümmer wir als zuvor.

Lauter Gefoppte! Weil Einer
Den Andern zum Narren macht,
Doch besser fürwahr lacht Keiner
Als wer am Ende lacht.

ENDE DER OPER.